光文社文庫

文庫書下ろし／長編時代小説

くれないの姫

はたご雪月花㈣

有馬美季子

光　文　社

この作品は光文社文庫のために書下ろされました。

目次

小石川
伝通院
富坂町
神明宮
西
北
東
南
0
500m
中山道
駒込
春日町
千駄木
御林
加賀
前田家
本郷
道灌山
日暮里
池之端
仲町
不忍池
弁天
御数寄屋町
根岸
谷中本村
下谷広小路
東叡山
寛永寺
徒町
入谷鬼子母神
（真源院）
三味線堀
下谷竜泉寺町
幡随院
千住大橋
阿部川町
新吉原
日本堤
新堀川
日光道中
東本願寺
御蔵前
浅草寺
御蔵前通り
小塚原
浅草広小路
田原町
伝法院
諏訪町
山谷町
新鳥越町
新鳥越橋
浅草駒形堂
雷門
旅籠 雪月花
聖天町
山谷堀
吾妻橋
花川戸町
山之宿町
今戸橋
今戸町
橋場町
白鬚之渡し
隅田川
源森橋
竹屋之渡し
北割下水
瓦町
中之郷
源森川
三囲稲荷
長命寺
向島墨堤
木母寺
隅田村
小梅村
須崎村
寺島村
業平橋
小梅村

麹町
千鳥ヶ淵
番町
牛込御門
半蔵御門
田安御門
西之御丸
小石川御門
外桜田御門
水道橋
江戸城
和田倉御門
一橋御門
猿楽町
南町奉行所
北町奉行所
神田橋御門
数寄屋橋御門
呉服橋御門
神田大明神
竜閑橋
昌平橋
鍛冶町
明神下
水谷町
京橋
数寄屋町
木挽町
和泉橋
下谷練塀小路
外神田
室町
日本橋
魚河岸
内神田
楓川
佐内町
荒布橋
大伝馬町
小伝馬町
松枝町
佐久間河岸
神田川
真福寺橋
南八丁堀
弾正橋
海賊橋
江戸橋
堀江町
亀井町
通油町
柳原土手
向柳原
八丁堀
組屋敷
八丁堀
坂本町
中之橋
日本橋川
小網町
思案橋
馬喰町
元浜町
福井町
浅草橋
稲荷橋
両国広小路
一ノ橋
新川
南新堀町
高橋
行徳河岸
米沢町
茅町
霊巌島
崩橋
箱崎町
二ノ橋
浜町堀
箱崎川
卍
第六天
永久橋
薬研堀
柳橋
両国橋
石川島
永代橋
大川端
大川
尾上町
御米蔵
熊井町
今川町
上之橋
万年橋
新大橋
一ツ目之橋
元町
首尾の松
佐賀町
回向院
御竹蔵
黒江町
油堀
万年町
大工町
海辺
六間堀
要津寺
相生町
卍
富岡橋
中ノ橋
亥ノ口橋
海辺橋
高橋
二ツ目之橋
深川
深川元町
弥勒寺橋
林町
蓬莱橋
小名木川
五間堀
本所
南割下水
富岡八幡宮
卍
霊巌寺
竪川
亀久橋
芝翫河岸
三ツ目之橋
木場
新高橋
入江町
長崎町
横川
法恩寺
南辻橋
新辻橋
猿江橋
長崎橋
押上
亀戸村

おもな登場人物

里緒……………浅草山之宿町にある旅籠「雪月花」の女将。
お竹……………旅籠「雪月花」の仲居頭。
吾平……………旅籠「雪月花」の番頭。
お初……………旅籠「雪月花」の仲居。下総船橋の漁師の娘。
お栄……………旅籠「雪月花」の仲居。武州秩父の百姓の娘。
幸作……………旅籠「雪月花」の料理人。
盛田屋寅之助………口入屋「盛田屋」の主。
山川隼人…………南町奉行所定町廻り同心。
半太……………山川隼人の配下。
亀吉……………山川隼人の配下。
杉造……………山川家の下男。
お熊……………山川家の下女。

くれないの姫

はたご雪月花

第一章　十年ぶりの客

一

帳場に置いた火鉢から、時折、炭がはぜる音が響く。

旅籠《はたご》〈雪月花《せつげつか》〉の女将《おかみ》の里緒《りお》は、番頭の吾平《ごへい》、仲居頭《なかいがしら》のお竹《たけ》とともに、ほくほくとした黄金《こがね》色の焼き芋を味わっていた。

五つ（午後八時）過ぎの今時分は、旅籠の仕事が一段落する。二階に泊まっている客たちも、夕餉《ゆうげ》を済ませて寛《くつろ》いでいる頃だ。

里緒は焼き芋に目を細めながらも、気懸かりなことがあった。

「三郎兵衛《さぶろべえ》さん、まだいらっしゃらないわね」

「昨日飛脚が届けた手紙には、六つ（午後六時）過ぎに訪ねると書かれてありましたから、まあ、気長にお待ちしましょう」

「どこかに寄られているのかもしれませんね。確認の手紙まで送ってくださるなんて、律儀《りちぎ》なお客様です」

三郎兵衛は十年ぶりに雪月花に泊まりにくるというので、里緒たちも会うのを楽しみにしていた。

齢《よわい》二十四の里緒は、十年前には旅籠の掃除などを手伝ってはいたが、客をもてなすことはなかったので、三郎兵衛をよく知らない。だが吾平とお竹は、はっきりと覚えているようだった。

文化《ぶんか》三年（一八〇六）、神無月《かんなづき》、日毎《ひごと》に寒くなっていく立冬《りっとう》の頃だ。雪月花は、浅草《あさくさ》は山之宿町《やまのしゅくまち》にあり、近くを隅田川《すみだがわ》が流れている。里緒が今いる帳場からも、隅田川が望めた。

里緒たちが和《なご》んでいたところ、なにやら外が騒がしくなってきた。吾平が立ち上がり、障子窓を開ける。すると叫び声が聞こえた。

「殺しだ！」

「男が血塗《まみ》れで倒れているぞ！」

里緒たちは顔を見合わせる。しなやかな手から焼き芋が滑り落ちた。

雪月花が建つ通り一帯は、〈せせらぎ通り〉と呼ばれている。せせらぎ通りは、隣町である花川戸町《はなかわどちょう》の対にあり、隅田川沿いから浅草寺《せんそうじ》方面へと真っすぐに延びている。それゆえ、せせらぎ通りとはいっても、浅草寺に近いほうでは、川の流れの音は殆《ほとん》ど聞こえない。

雪月花は隅田川に近い場所にあり、ほかには小間物屋《こまものや》、酒屋、八百屋、煮売り屋、やいと屋（鍼灸《しんきゅう》師）、筆屋、蠟燭《ろうそく》問屋、薪炭《しんたん》問屋、質屋、経師《きょうじ》屋（表具師）、菓子《かし》屋などの店が並んでいる。最も浅草寺側にあるのが酒屋で、通りの角は小さな草むらになっていた。

死体は、その草むらで見つかったようだ。

里緒が顔を強張《こわば》らせている横で、吾平とお竹は互いに目を見交わした。

「私と吾平さんで、ちょっと見てきます」

「女将はここにいてください」

何か胸騒ぎでも覚えたのだろうか、里緒にそう告げると、二人は立ち上がり、提灯《ちょうちん》を提げ急いで雪月花を出ていった。

「気をつけてね」

里緒は玄関まで見送り、小さな溜息《ためいき》をついた。

草むらには、南町奉行所定町廻り同心《じょうまちまわりどうしん》の山川隼人《やまかわはやと》と、その手下の岡っ引きが出張《でば》ってきていた。死体を検《あらた》める彼らを、野次馬たちが眺めている。吾平とお竹は首を伸ばして覗《のぞ》きながら、あっと声を上げた。

隼人が振り返ると、吾平が叫んだ。

「もしや、今日、うちに泊まることになっていたお客様かもしれません」

「なに、本当か？　ならば、よく確認してみてくれ」

「はい、旦那」

吾平とお竹は野次馬たちを押しのけ、死体に近づいた。岡っ引きの半太《はんた》が提灯を掲げ、照らした。死体の男は、六十過ぎのように思われた。男は脇腹を何度か刺されたようで、着ていたものは血に染まっている。

吾平とお竹は怖気《おじけ》づきながらも、男の顔をよく見た。十年前に比べればやはり老けてはいたが、今日泊まるはずだったお客に間違いないようだった。吾平は掠《かす》れた声を出した。

「おそらく……三郎兵衛さんです」

「白金《しろかね》のお百姓さんですよ。ずっとお待ちしていてもなかなかいらっしゃらないから、どうしたんだろうと思っていたのです。まさかこんなことに……」

ふらりと躰《からだ》を揺らすお竹を、吾平が支える。

殺された男は肌が浅黒く、手もごつく、身なりからも百姓に間違いないように思われた。

隼人は顔を顰《しか》めた。

「財布が盗《と》られたみてえだから、追剝《おいは》ぎの仕業《しわざ》かもしれねえな」

「もしそうなら、やりきれませんな」

重苦しい空気が漂う中、野次馬を掻《か》き分けて、亀吉《かめきち》が報《しら》せを持ってきた。

「この近くの店は、半刻《はんとき》（一時間）前には殆ど仕舞っちまってて、揉《も》み合う姿を見た者や、声を聞いた者などはおりやせんでした」

「そうか」

隼人は顎《あご》をさすりつつ、野次馬たちに向かって訊《たず》ねた。

「お前さんたちの中に、何か見たり聞いたりした者はいねえか」

野次馬たちは顔を見合わせ、首を傾《かし》げる。隼人は腕を組んだ。

「やはり追剝ぎか」

暗がりで獲物を待ち構えて、相手が声を上げる間もなく、刃物でぐさり。手練《てだ》れの者の犯行と思われた。

だいたいのことが分かったので、野次馬たちは散り始める。

少し落ち着くと、隼人は吾平に訊ねた。

「三郎兵衛は、いつ頃訪れるはずだったんだ」

「六つ過ぎとのことでしたが五つを過ぎてもお見えにならなかったので、女将は心配しているようでした。十日ぐらい前に手紙をいただきましてね。神無月の八日から十二日までそちらに泊まりたい、必ず行くのでよろしく、と。久しぶりにいらっしゃるお客様でしたのに……こんなことに」

「どれぐらいぶりだったんだ」

「十年ぶりです」

「ずいぶん無沙汰《ぶさた》していたって訳だな。十年の間、顔を見ていなくても、この骸《むくろ》は三郎兵衛と分かるものか」

「はい、三郎兵衛さんです。十年前にちょっとした出来事があって、それ以来いらしてませんでしたが、その前にはよくお見えになっていましたので。お顔立ちなどはしっかり覚えております」

答える吾平の隣で、お竹も頷《うなず》く。

「その出来事ってのは、何だったんだ」

「ええ、それはですね……」

吾平が答えようとしたところへ、奉行所の小者《こもの》がやってきた。遺体を戸板に載せて、ひとまず番所へ運ぶのだ。

小者たちの姿が見えなくなると、お竹が吾平の袖を引っ張った。

「ねえ、ここでは何ですから、うちに上がっていただいて、話を聞いてもらいましょうよ」

「それもそうだな……。ということで、旦那。うちでゆっくり、三郎兵衛さんのことをお話ししますよ」

隼人は息をついた。

「うむ。じゃあ、そうするか。でも、気は遣わねえでくれな。三郎兵衛について訊《き》いたら、すぐに暇《いとま》するからよ」

「旦那こそお気遣いなく。では、参りましょう」

隼人たちは提灯を手にぞろぞろと、雪月花へと歩を進めた。

「いらっしゃいませ。夜分まで、お疲れさまです」

　里緒が丁寧に迎えると、隼人は安堵《あんど》したような笑みを浮かべた。だがそれも束の間、厳しい顔つきに戻って告げた。

「見つかった死体は、どうやら今日ここへ泊まるはずだった三郎兵衛のようだ。それで、ちょっと話を聞かせてもらいたい」

　すっと青褪《あおざ》めた里緒の肩を、お竹が抱き締めた。

　隼人たちは広間へと通された。ここは囲炉裏《いろり》を切っているので、寒い時季には鍋を楽しむこともでき、望まれればお客に貸すこともある。

　若い仲居のお栄《えい》が、薪《まき》に火を点《つ》け、部屋を暖める。隼人たちが腰を下ろすと、もう一人の若い仲居のお初《はつ》が、お茶と菓子を運んできた。

「お召し上がりください」

　お初は丁寧に礼をする。いつもなら半太と目配せし合うところだが、このような時には慎む。ちなみにお初と半太は、ある事件がきっかけとなり、今や里緒や隼人も公認の仲である。

　お栄とお初が下がると、隼人は眉毛を掻いた。

「すまねえな。いつも馳走《ちそう》になっちまって」

隼人たちの前に置かれた白い小さな皿には、柿と柚子《ゆず》の皮の蜂蜜《はちみつ》漬けが載っている。まずはお茶で喉《のど》を潤してからそれを味わい、爽やかな甘さに隼人は顔をほころばせた。

半太と亀吉も頬張り、目を細める。

半太は齢二十三、小柄な躰を生かしてすばしっこく嗅《か》ぎ回る岡っ引きだ。荒物《あらもの》屋を営んでいる姉夫婦のところへ居候《いそうろう》させてもらって、仕事に精を出している。

亀吉は齢二十五。岡っ引きの乏しい身でありながら女に食べさせてもらって気楽に暮らしている優男《やさおとこ》だが、仕事に対しては熱心である。ともに隼人の忠実な手下であり、隼人は二人を大切にしていた。

隼人はまたお茶を啜《すす》って、吾平に訊ねた。

「三郎兵衛が住んでいたのは、白金のどの辺りだ」

「あ、はい。……おい、お竹」

吾平に目配せされ、お竹は直《ただ》ちに腰を上げた。

「うっかりしておりました。ちょっとお待ちください」

お竹は広間を出て帳場へと向かい、三郎兵衛から届いた手紙を持って、戻ってきた。それを受け取り、隼人はじっくりと眺めた。

「寿昌寺《じゆしようじ》の近くか」

「目黒川《めぐろがわ》に面した土地一帯を持ってらして、そこを畑になさってました。なかなか裕福だったようです」

「なるほどな。今日から四日泊まって、五日目に帰るはずだったんだな」

「はい。十年ぶりにお会いできますこと、楽しみにしておりましたのにねえ」

お竹が溜息をつくと、里緒も顔を曇らせた。すると蜂蜜漬けを急いで食べ終えた亀吉が、勢い込んで言った。

「今から白金へいって参りやしょうか。三郎兵衛さんのご家族を連れてきて、骸を確認してもらわねえと」

「そうだな。亀吉、頼まれてくれるか」

「かしこまりやした」

すぐに飛び出しそうになる亀吉の袖を、隼人は引っ張った。

「まあ、待て。そう急がなくてもいいぜ。夜明けとともに向かってくれ。そのほうが家族の者も動きやすいだろう」

「あ、確かに」

亀吉は座り直して、頭を搔く。囲炉裏に置いた五徳《ごとく》に載せた鉄瓶が、音を立てている。里緒は三人に、熱いお茶を注ぎ足した。それを味わいつつ、隼人は首を傾《かし》げた。

「三郎兵衛は、どうして十年ぶりにここに泊まろうと思い立ったんだろう」

吾平とお竹は顔を見合わせた。

「私たちも不思議には思っていたんですよ。十年間、まったくお見えにならなかったのでね」

吾平が腕を組む隣で、お竹は眉根を寄せる。

「その前は、年に四回ほどお越しくださっていたんですよ。先々代からのお付き合いでしたので」

「姿はお見せになりませんでしたが、律儀な方でね。どこかでお聞きになったのでしょう、先代がお亡くなりになった時にはお香典を送ってくださいましたよ。一月後ぐらいでしたが」

「お待ちしていたのに……」

里緒が声を詰まらせる。隼人は息をついた。

「三郎兵衛が最後にここに来た時は、里緒さんは十四か。ならば三郎兵衛のことは、詳しくは覚えていなかっただろう」

「はい。その頃もたまに掃除や洗濯を手伝ってはいたのですが、お客様に接することは殆どありませんでしたので」

「じゃあ、十年前に三郎兵衛が訪れた時、何があったのかも知らねえな」

「はい。……どのようなことがあったのでしょうか」

里緒は吾平とお竹に目をやる。お竹は小さな咳払《せきばら》いをした。

「十年前の師走《しわす》の初め頃、小雪が降る日でした。三郎兵衛さんが突然ここにいらしたのです。十六、七ぐらいの娘さんを連れてね。といっても、三郎兵衛さんのお嬢さんではありませんよ。初めて見る娘さんでした」

里緒と隼人は、目と目を見交わす。お竹の話は、このように続いた。

三郎兵衛とその娘の様子から、何か訳がありそうだと察した里緒の両親は、二人を素早く中へ通し、帳場に籠《こも》って話を聞いた。

どうやら三郎兵衛は、その娘を数日の間ここに置いてほしいと頼んだようだ。里緒の両親はそれを承諾し、娘を泊めることになった。しかし、吾平とお竹がその訳を訊ねても、彼らは決して教えてくれなかった。

——三郎兵衛さんとの約束だから、あなたたちにも話すことはできない。そう、ぴしゃりと言われたという。

里緒の両親は非常に厳しい顔つきで、それゆえ吾平とお竹は、それ以上は訊けなかった。

二日ほど経《た》って三郎兵衛が再び現れ、娘とともに立ち去った。

里緒の両親は、三郎兵衛と娘のことを、その後も決して話さなかったそうだ。

お竹はしみじみと言った。

「旦那さんや先の女将さんは、義にも情にも、本当に厚くていらっしゃいましたからね」

里緒の両親の里治《さとじ》と珠緒《たまお》は、三年前に他界している。

「そのようなことがあったの」

里緒は胸にそっと手を当てる。両親の知られざる話を聞き、熱い思いが込み上げたのだ。

吾平が低い声を出した。

「たぶん、三郎兵衛さんが十年の間ここを訪れなかったのは、その時のことがあって、なにやら来難くなってしまったのでしょう」

「律儀な方でしたから、なおさらね。三郎兵衛さん、その娘さんとここを去る時、旦那さんと先の女将さんに謝礼を渡そうとしたんです。でも先代は、受け取れないと、突き返したんですよ。娘さんのことは厚意で引き受けたのだから、と。そうしたら三郎兵衛さん、後日、包みを送ってきたんです。どうしても謝礼を渡さなければ気が済まなかったのでしょうね」

「その時のことを考え過ぎてしまって、ずっとお見えにならなかったのかもしれないな」

　隼人は顎をさすった。

「その娘ってのは、どんな雰囲気だった」

「目鼻立ちのはっきりした美人でしたよ。ここにいた間は、殆ど部屋に閉じ籠っていて、私もお竹も話すことなどなかったですね。娘さんには、先の女将さんが食事を運んでいらっしゃいました」

「うつむき加減でおとなしかったけれど、どこか華やかな印象はありましたね。健《すこ》やかそうでもありました。吾平さんと噂していたんですよ。歳《とし》の離れた妾《めかけ》にも隠し子にも見えないけれど、ではいったい、あの二人ってどのような間柄なんだろうね、って」

「ふむ。よく分からぬ間柄、って訳か」

と隼人が言うと、里緒は顎に指を当て、首を傾げた。

「その、娘さんの一件って、いったい何だったのかしら」

「時が経ったから、今回、訊いてみようと思っていたんですがね……残念です」

吾平が呟《つぶや》くと皆、しんみりとした。隼人はお茶を飲み干し、姿勢を正した。

「三郎兵衛の件は、追剝ぎの疑いが濃厚だが、怨恨の面でも探ってみることにしよう」

「よろしくお願いいたします」

里緒たちは頭を下げた。

明日も早いからと、隼人たちは長居せずに帰っていった。

今夜の火《ひ》の番《ばん》はお初と吾平なので、里緒は二人に夜食を作るため、板場に向かった。夕餉のあまりの栗ご飯でおにぎりを作り、沢庵《たくあん》を切って添える。それだけでは少し寂しいので、里緒は手際よく卵と小松菜を炒め合わせた。

雪月花で働く者たちには、火の番の役割がある。住み込みで働いている吾平、お竹、お栄、お初が交替で務めていたのだが、今年の弥生《やよい》に大火が起きてからはより厳重にするため、里緒も加わり、毎日二人がかりで務めることになった。それまでは毎日、一人の者が消灯の四つ（午後十時）から暁七つ（午前四時）まで火の番を務め、その者はその日は五つ（午前八時）近くまで眠っていてよいことになっていたが、弥生以降は当番の二人で相談して、時間の配分などを決めている。

里緒が夜食を渡すと、お初は顔を明るくさせた。

「いつもありがとうございます。女将さんのお料理、本当に楽しみなんです」

「夜は冷えるから、気をつけてね」

里緒はお初の肩にそっと手を載せ、微笑《ほほえ》んだ。

それから自分の部屋へと入り、里緒は一息ついた。雨戸を閉める時、小さな庭を眺めた。

この庭には、里緒が好きな椿《つばき》の木が植えられている。暑い季節には白い夏椿が、寒い季節には紅《あか》い冬椿が咲いて、艶《あで》やかな彩りを楽しむことができる。蕾《つぼみ》をつけ始めた冬椿の開花を待ち遠しく思いながら、里緒は雨戸を閉め終えた。

そして仏壇へと向かい、目を瞑《つむ》って手を合わせた。ここには両親と祖父母の位牌を置いてある。四人が好きだった栗ご飯も供えていた。

里緒は三郎兵衛のことを報せ、目に薄《う》っすらと涙を滲《にじ》ませた。

――お会いしたかったのに、残念でなりません。……どうか別人であってほしいと願っています。

吾平とお竹が最後に三郎兵衛に会ったのは十年前なので、遺体を確認してみたところで、もしや見間違い、勘違いということもあり得るだろう。

明日、亀吉が白金へと飛んで三郎兵衛の家族を連れてくる。その者たちに確認してもらうまでは、遺体が三郎兵衛か否かは断言できないのだ。

里緒は、どうか人違いでありますようにと切々と願い、長い睫毛《まつげ》を揺らしながら目を開けた。

里緒は楚々《そそ》としながらも、しっかり者の美人女将と評判である。お客たちにはもちろん、雪月花で働く者たちからも頼りにされていた。

雪月花は里緒の祖父母の代、宝暦《ほうれき》五年（一七五五）から営まれており、創業五十一年になる。両親は、一人娘の里緒をとても可愛がって育ててくれた。

里緒は十七の頃から本格的に両親を手伝うようになり、お客のもてなしも始めた。両親は、里緒に婿養子をもらい、旅籠を継いでほしいようだった。浅草小町などと呼ばれていた里緒に縁談はいくつもあったが、里緒は乗り気にはなれなかった。

花嫁姿を見せることも叶《かな》わずに、不慮の事故で両親が逝ってしまった時、里緒は悲しみに打ちひしがれた。そのような里緒を、雪月花で働く皆が励ましてくれたのだ。

――これからは里緒様が中心となって、この雪月花を守《も》り立てて参りましょう。それこそが、亡くなられたご主人様とお内儀《かみ》様への一番の手向《たむ》けとなります。

そう言ってくれた。

両親が逝ってしまったことは辛いけれど、いつまでも落ち込んでいる訳にはいかなかった。旅籠で働く者たちのことだって考えなければならなかったからだ。

周りの者たちに支えられ、里緒は悲しみを堪《こら》えて、旅籠を守っていくことを、両親の仏前で気丈に誓った。

こうして里緒は雪月花の三代目の女将となり、皆と一緒に日々張り切っている。里緒は自分を支えてくれる雇い人たちを、とても大切に思っていた。彼らも里緒を慕っており、血は繋《つな》がっていなくても、今や家族のようなものである。

皆と力を合わせ、笑顔で奮闘する里緒だが、心の内には未だに深い悲しみが残ってもいた。両親の死が本当に事故だったのか否か、不審な点が残っているからだ。それゆえに里緒は、いっそう引きずってしまっていた。

父親の里治と母親の珠緒は、信州《しんしゅう》に湯治《とうじ》に出かけた帰り、板橋《いたばし》宿の王子《おうじ》稲荷

の近くで骸となって発見された。その辺りは御府外となり、代官の調べによると、

音無《おとなし》渓谷を見にいって足を滑らせたのだろうとのことだったが、里緒はなにやら

解《げ》せなかった。里治も珠緒も高いところが大の苦手で、とても渓谷を見にいくと

は思えなかったからだ。

それを告げても代官は深く調べてくれることはなく、事故で片付けられてしま

った。その釈然としない思いが、里緒の心にしこりを残し、未だに痛むのだ。

里緒は両親の死の疑問について、隼人に相談しようと思いつつ、まだ話してい

なかった。お互いに忙しいこともあるし、隼人ならば話をちゃんと聞いてくれる

だろうと思うと、却《かえ》って急いで話さなくてもよいような気がしてしまうのだ。

それに自分の勝手な憶測で、町奉行所の役人である隼人の手を煩《わずら》わせること

になってしまっては、申し訳が立たない。両親の死に不審な点があるというのは、

里緒の思い込みかもしれないからだ。

既に事故で片付けられていることを相談するのは、暗にもう一度調べてほしい

と言っているようなもので、厚かましいのではないかと躊躇《ためら》う気持ちもあった。

とはいえ、元来の推測好きが災いして、男を見抜いては冷めていた里緒が、隼

人に心を開いていることは確かだ。隼人は齢三十二、里緒より八つも年上である。

柳腰《やなぎごし》の里緒に対して、隼人はぽっちゃりと福々しく、なんとも温かみがある。隼人は、事実、女人にとてもモテるのだ。それもどういう訳か美女ばかりに。三枚目だけれど心優しい隼人には、女たちも和んでしまうのだろう。里緒もまた、そうであった。

色白ですらりとした里緒は、髪先から爪先にまで、美しさが行き渡っている。顔は卵形、切れ長の大きな目は澄んでいて、鼻筋は通っているが高過ぎず、口は小さめで唇はふっくらとしている。そのような容姿の里緒は、白兎《しろうさぎ》に喩《たと》えられることがある。子供の頃から踊りを習っていたので、立ち居振る舞いも麗しい。思いやりがあり、優しい笑顔の里緒は、美人女将と謳《うた》われていた。

嫋《たお》やかながらも頑固な里緒は、このまま理想の男が現れなければ、女将の仕事をまっとうして生きていくと断言している。里緒のそのような心意気が功を奏しているのか、雪月花は代替わりしてから、以前にも増して繁盛していた。

雪月花で働いている者たちは、里緒を含めて六人だ。

番頭の吾平は五十六で、雪月花に勤めて三十一年になる。商いに秀でており、躰も丈夫で、皆から頼りにされていた。ずっと通いで勤めていたが、女房に先立たれ、子供も独立しているので、一昨年からは住み込みで働くようになった。里治が亡くなって雪月花に男手がなくなり、里緒が心細げだったからだ。頑健な吾平は、いざとなれば、この旅籠の用心棒代わりにもなる。

仲居頭を務めるお竹は四十三で、こちらも雪月花に勤めて二十年以上の古参である。背筋がすっと伸び、所作もきびきびとしていて、まさに竹の如《ごと》き佇《たたず》まいだ。若い仲居のお栄とお初を指導しており、時に厳しく叱ることもあるが、いつもは温かく見守っている。

お竹は二十一年前に所帯を持ち、暫《しばら》く通いで勤めていたが、十一年前に離縁してからは住み込みで働いている。離縁に至ったのは、どうやら元亭主の浮気癖が原因のようだ。

今では独り身の吾平とお竹は、夫婦となってはいないがいい仲で、里緒の親代わりのようなものである。里緒もまた、子供の頃から馴《な》れ親しんでいるこの二人を、とても信頼し、実の親のように慕っていた。

仲居を務めるお栄は十九で、雪月花で働くようになって四年目だ。武蔵《むさし》国は秩《ちち》父《ぶ》の百姓の娘で、大柄で明るく、至って健やかである。お客の前では気をつけているが、気が緩《ゆる》むと自分のことをつい「おら」と言ってしまい、お竹に窘《たしな》められることがあった。

同じく仲居を務めるお初は十八で、雪月花で働くようになって三年目だ。下総《しもうさ》は船橋《ふなばし》の漁師の娘で、小柄で愛嬌があり、毎日てきぱきと働いている。一年前頃、怖い目に遭ったが、その時に受けた痛手もすっかり癒《い》えたようで、無邪気な笑顔が戻っていた。

この二人は部屋も一緒でとても仲がよく、休憩の時にお喋《しやべ》りに夢中になり過ぎて、お竹に叱られることもある。お栄もお初も素直な心を持っており、里緒は二人を本当の妹のように可愛がっていた。

料理人を務める幸作《こうさく》は二十九で、雪月花で働くようになって八年目だ。それまでは日本橋《にほんばし》の料理屋で修業をしていた。腕がよく、幸作が作る料理は、雪月花の目玉になっている。里緒に褒められると嬉しくて、さらに腕を磨こうとする。それでまた雪月花の料理の評判が、一段とよくなるのだった。まだ独り身の幸作は里緒に仄《ほの》かに憧れているので、褒められるとよけいに嬉しいのだ。

これらの面々が、ともに励まし合い、支え合い、雪月花を守り立てているのだった。

二

　翌朝、五つの鐘が聞こえた頃、せせらぎ通りに店を構える経師屋〈大鳥屋《おおとり》〉の主人である茂市《もいち》が、雪月花を訪れた。昨夜の殺しの騒ぎの件で、吾平と話をしたいようだった。ちなみに経師屋とは、襖《ふすま》や障子の張替えや、屏風《びょうぶ》や書画などの表装を行う職人のことで、雪月花でも襖と障子の張替えはいつも大鳥屋に頼んでいる。

　茂市は玄関で、物腰柔らかく里緒に頭を下げた。

「すまないねえ、朝の忙しい頃に」

「そんな。こちらから大鳥屋さんにお話ししにいかなければなりませんでしたのに、お手間をとらせました。どうぞお上がりください」

　里緒は茂市を帳場へと通した。

　茂市が吾平と話をしたいといってきたのには、このような訳があった。今年と来年は、せせらぎ通りの纏《まと》め役が雪月花で、纏め役補佐が大鳥屋だからだ。この役目は、せせらぎ通りのどの店も、二年おきに交替で務めることになっている。

つまりは通りの自治を守るということで、何かがあった時は話し合いも必要となる。

纏め役を任された雪月花だが、その役割を担ってくれているのは主に吾平で、通りのちょっとした集まりなどにはいつも彼が顔を出していた。

せせらぎ通りの角の草むらで死体が見つかり、そのことについて吾平と話をしておかねばと、茂市は思ったのだろう。茂市は齢四十五、並の肉付き、並の背丈の穏やかな男だ。五つ下の愛嬌のある女房と、十五になる息子がいて、仕事も順調で、幸せに暮らしている。吾平も茂市とは馬が合うようだった。

吾平と四半刻《しはんとき》（三十分）ぐらい話して、茂市は帰っていった。里緒は吾平に訊ねた。

「亡くなった方は、もしやうちに泊まるはずのお客様だったかもしれないと、大鳥屋さんに言ったの？」

吾平は顔を少し顰《しか》めた。

「いえ、言わなくても知ってましたよ。昨夜、私とお竹が駆けつけて、検めましたからね。見つかった死体とうちとの関わり合いは、噂になっているようです」

「それで心配になって、様子を見にきたみたいですよ」

お竹が口を挟む。里緒は息をついた。

「噂に尾ひれがついて、あらぬことを言われなければいいけれど」

「大丈夫ですよ。ここの通りには、それほど意地悪な人っていませんもの」

「うちは纏め役ですしね。おかしな噂を流しているような奴を見つけたら、私が怒鳴りつけてやりますよ」

里緒は目を見開いた。

「さすがは吾平さんね。頼もしいわ」

「いえ、それほどでもありませんがね」

吾平は腕を組み、顎を些《いささ》か上げる。里緒の面持《おもも》ちは少し和らいだ。


四つ（午前十時）になり、里緒は藍染《あいぞめ》の半纏《はんてん》を羽織って、お客たちを見送った。この半纏の襟《えり》には〈雪月花〉と旅籠の名が、背中には雪と月と花を組み合わせた屋号紋《やごうもん》が、染め抜かれている。

里緒はお客を迎え入れる時と見送る時は、旅籠の名と紋が入ったこの半纏を必ず羽織ることにしている。それは吾平とお竹も同様だが、吾平はほぼ常に纏っていた。

その後で、里緒と仲居たちは、急いで部屋を片付ける。仲居たちが隅々まで丁寧に掃除し、里緒は飾ってある花の水の取り換えなどをする。花を生けるのは里緒の役目で、この時季は山茶花《さざんか》を飾っていることが多い。椿によく似ており、恐らくは同じ種類と思われる山茶花も、里緒はとても好んでいた。

お初は掃除をする手を不意に止め、艶やかな紅色の山茶花に一瞬見惚《みと》れた。お初も花が好きなのだ。お栄は手を休めず、訊ねた。

「女将さん、前に仰《おつしや》ってましたよね。お客様のお部屋に飾るのは、椿よりも山茶花のほうがいいのよ、って。ずっと気になっていたのですが、それはどうしてなのでしょう」

里緒は山茶花に目をやりながら答えた。

「見た目は似ていても、散り方が違うからよ。椿は不意に、ぼとんと花首から落ちるでしょう。それを縁起が悪いといって、嫌がる人もいるわ。特にお武家様は。その点、山茶花は花びらが少しずつ落ちていくでしょう。そのようなお花のほうが、どなたにも好まれると思ったの」

「ああ、なるほど。そのような訳だったのですね」

お栄とお初が声を揃《そろ》える。お竹が二人を軽く睨《にら》んだ。

「女将の話に感心するのはいいけれど、しっかり片付けなさいよ」

「はい」

二人は肩を竦《すく》め、速やかに仕事に戻る。箒《ほうき》で掃き、畳を乾拭《からぶ》きする。熱心に掃除をする若い仲居たちを、里緒は目を細めて眺めた。

それが終わると、連泊しているお客に、お竹たちが菓子を運んだ。菓子といっても、銀杏《ぎんなん》を炒ったものだ。翡翠《ひすい》色のそれを、お客たちは満足げに味わい、昼飯前の小腹を満たした。

旅籠では普通、朝餉《あさげ》と夕餉は出すが、昼餉《ひるげ》は出さない。雪月花もそうであるが、その日に発《た》つお客には、昼飯用に弁当を持たせることにしていた。この弁当がまた美味《おい》しいと評判で、お客たちの間では雪月花弁当と呼ばれて愛されている。

連泊するお客にも、頼まれれば弁当を用意するが、別途お金がかかってしまうので、殆どのお客は昼になるとふらりと外に食べにいく。今日も、連泊している三人とも外に出ていった。

里緒たちも、煮物と漬物などで、ささっと昼餉を済ませる。牛蒡《ごぼう》、里芋、人参、椎茸など、旬の野菜の煮物があれば、里緒は充分なのだ。里緒の拘《こだわ》りとして、お客には必ず白米のご飯を出すが、自分は前々から稗《ひえ》や粟《あわ》、大麦などを混ぜた雑穀ご飯をなるべく食べるようにしている。単に、そのほうが美味しいと思うからだ。

それゆえ里緒は毎日、自分のご飯だけは自ら炊いていたのだが、いつの間にか雪月花で働く者たちも皆、雑穀ご飯を好むようになってしまった。今では幸作が、お客用の白いご飯とは別に、自分たちのぶんの雑穀ご飯を毎日炊いてくれている。

「雑穀ご飯の歯ごたえと味わいって、一度知ってしまうと病みつきになりますね」

お栄の言葉に、里緒は大きく頷くのだった。


昼餉を終えると、新しいお客を迎え入れる準備を始める。洗濯して乾かした手ぬぐいに火熨斗《ひのし》をかけ、お湯を沸かして盥《たらい》に張る。八つ（午後二時）になると新しいお客が訪れる。

「いらっしゃいませ。どうぞごゆっくりお寛《くつろ》ぎくださいますよう」

藤《ふじ》色の着物に半纏を羽織った里緒に淑《しと》やかに迎えられ、お客たちは顔をほころばせる。お客が荷物を下ろして、上がり框《かまち》に腰かけると、お栄とお初が盥を運んできて、その足を洗い、手ぬぐいで拭う。

玄関の右手に階段があり、吾平がお客の荷物を持って部屋へと運ぶ。里緒に案内されてお客が部屋に入ると、お竹が茶を持ってくる。そこで里緒とお竹の二人が、改めてお客に挨拶するのだった。

雪月花の二階には、お客用の部屋が全部で十ある。一階には里緒たちの部屋、皆で集まったりご飯を食べたりする広間、帳場、内湯、厠《かわや》などがある。江戸の町では、内湯は表向きには禁じられているが、暗黙の了解のように、お目こぼししてもらっている。その内湯と厠は、客用と里緒たち用に分かれている。客用の内湯と厠はまた、男用と女用に分かれていた。

この辺りには浅草寺をはじめ寺社が集まっているので、遠方から訪れた者たちが参詣の後に泊まることが多い。吉原《よしわら》にも近いので、やはり遠方から遊びにきた者たちが帰りに泊まっていくこともある。

隣の花川戸町は料理屋や居酒屋が多くて賑《にぎ》わっているところなので、そちらに遊びにきて帰りが遅くなってしまった者たちが訪れることもあった。

また雪月花は、泊まりのお客だけでなく休憩で使うお客にも、だいたい八つから七つ半（午後五時）ぐらいまで部屋を貸していた。

雪月花に一泊する代金は、二食に弁当がついて、一人おおよそ五百文《もん》だ。九《く》尺二間《しゃくにけん》の裏長屋の、一月分の家賃ほどである。休憩の場合は一部屋百五十文で、これに人数分の料理代や酒代が加算されるので、居酒屋で下り酒三合につまみ五品を呑み食いするほどにはかかる。お代をいただく以上は最善のもてなしをしようと、里緒は常に心がけていた。

雪月花の立地上、お客の好みに合わせて、隅田川を望む部屋、浅草寺を望む部屋のどちらかを選んでもらえる。紅葉はまだ見頃とは言えないが、それでもお客たちは銘々《めいめい》、徐々に色づき始めた景色を楽しんでいた。

忙しい刻限を過ぎ、里緒は帳場で一息ついた。帳場は玄関の傍《そば》にあり、ここの窓からは隅田川を眺めることができる。昨日は曇りだったが、今日は晴天だ。

里緒は吾平とお竹とともにほうじ茶を味わい、不意に口にした。

「亀吉さん、もう戻ってきているわよね。……どうだったのかしら」

「もうすぐ報せがくると思いますがね」

「心配事って、忙しいと忘れていられますが、時間が空くとまた頭から離れなくなってね。難儀《なんぎ》なものですよ」

お竹が苦い笑みを浮かべる。そこへ、入口の格子戸《こうしど》を開ける音がして、聞き覚えのある声が響いた。

「すいやせん。山川の旦那の使いで参りやした」

吾平が帳場から出ていく。声の主は、〈盛田屋《もりた》〉の若い衆、磯六《いそろく》だった。

盛田屋とは雪月花と同じく山之宿町にある口入屋《くちいれや》で、そこの主人の寅之助《とらのすけ》は、この辺り一帯を仕切っている親分でもある。寅之助は、里緒のことを幼い頃から知っていて、里緒の両親が亡くなってからは、雪月花の用心棒あるいは後見人のような役割を果たしてくれていた。雪月花に何かがあった時は、彼の手下たちが駆けつけてくれることになっているのだ。

齢二十四の磯六は、かつては山之宿の鼻つまみ者とまで言われたが、寅之助に一から叩き直され、今では忠実な手下として真面目な働きを見せていた。

「おう、ご苦労。で、どういったことだ」

「へい。亀吉兄さんが白金まで飛んで、三郎兵衛さんの女房と長男を連れて戻ってきて、昨夜の遺体を検めてもらったそうです。で、遺体は間違いなく、三郎兵衛さんとのことです」

「……そうか」

吾平は言葉を失ってしまう。帳場から里緒とお竹も顔を覗かせた。磯六は二人に一礼した。

「旦那たちはお忙しいみてえで、俺が代わりに伝えにきやした。では、これで失礼いたしやす」

「わざわざありがとな、磯六」

磯六は吾平にも礼をして、帰っていった。一縷《いちる》の望みが消え、里緒たちは肩を落とすばかりだった。


その頃、亀吉は隼人に、白金で探ったことを報せていた。隼人は三郎兵衛の女房からも話を聞きたかったのだが、取り乱してしまって息子に宥《なだ》められているので、落ち着くまで待つことにしたのだ。

亀吉は言った。

「三郎兵衛は金を持っていたみてえです。畑も広くて、家もなかなか立派でした。なんと数年前から、隣の花川戸町に店も出していたようです。仕舞屋《しもたや》を買い取って、煮売り屋を始めていたと」

「なに、商いにまで手を出していたっていうのか」

「はい。店は雇い人に任せていたみてえですが、三郎兵衛も時折、顔を出していたようです」

「ってことは、雪月花にはなかなか姿を見せなかったが、この辺りにはたまに来ていたのか。すると……人付き合いのもつれ、怨恨の線も考えられてくるな」

「はい。三郎兵衛のその煮売り屋は、繁盛していたっていいやすから」

隼人は顎をさすりつつ、亀吉に告げた。

「よし、半太と一緒に花川戸に行って、その店とその周辺を探ってみてくれ」

「かしこまりやした」

亀吉は顔を引き締め、頷いた。


医者が遺体を検めた結果、死んでからそれほど経っていなかったようで、殺されたのはだいたい七つ半から六つ半（午後七時）の間ではないかと考えられた。神無月のその頃は既に暗いので、手練れの者ならば人目につかぬように襲うこともあり得た。

隼人はせせらぎ通りに赴き、店を一軒ずつあたって、その刻の頃のことを訊ねてみた。だが、どの店の者も、三郎兵衛に覚えがないようだった。

――すると三郎兵衛は、吾妻《あずま》橋のほうから花川戸町を抜けてこちらへやってくる間に、何者かに目をつけられて、狙われたのだろうか。その者に尾《つ》けられ、そして、せせらぎ通りの角で不意に襲われ……刺されたのだろうか。もしや三郎兵衛は雪月花へ行く前、花川戸町の自分の店に立ち寄っていたのかもしれねえな。

陽が落ちていく刻、隼人は隅田川を眺めながら考えを巡《めぐ》らせた。


その夜、役宅の自分の部屋で隼人が寛いでいると、襖の向こうからお熊《くま》の声が響いた。

「半太さんと亀吉さんがいらっしゃったので、こちらにお通ししてもよろしいですか」

「おう、頼む」

「はい。少しお待ちくださいませ」

お熊は齢五十六で、隼人が生まれる前から山川家に奉公している。よく肥えていて大きなだみ声が特徴で、朗らかだが少々お節介《せっかい》でもあった。

お熊は半太と亀吉を隼人の部屋へ通し、すぐにお茶を運んできた。隼人はお熊に伝えた。

「二人に、饂飩《うどん》か蕎麦《そば》でも出してやってくれ」

「かしこまりました」

お熊は一礼し、部屋を出ていった。半太と亀吉は恐縮したように、頭を掻いた。

「旦那、すみません。いつもご馳走になっちまって」

「遠慮は無用だ。馳走ぐらいさせてくれ。こんな刻限まで、調べてもらったんだからよ」

隼人はふくよかな顔に笑みを浮かべ、二人を優しい眼差《まなざ》しで見る。

「ありがとうございます」

半太と亀吉は頭を下げた。お茶で喉を潤すと、半太が口火を切った。

「三郎兵衛の煮売り屋ですが、花川戸町の〈錦絵《にしきえ》通り〉という通りの一角にありました」

「ずいぶん派手な名前の通りだな」

「なんといっても花川戸ですからね。錦絵のように華やかで美しい通りを目指しているみたいです」

「歌舞伎の作品にも、花川戸の助六《すけろく》なんてのが出てきやすしね。遊び場も多くて、町全体がなにやら浮かれた感じではありやす。隣町っていいやすのに、山之宿町の落ち着いた雰囲気とは相容《あいい》れやせん」

亀吉が苦い顔で口を挟む。隼人は腕を組んだ。

「まあ、人通りはあるから、商いをするには好都合だろうけどな」

「はい。それで周りに聞き込んでみたところ、三郎兵衛の店はどうもその通りでは浮いていて、通りの者たちからはあまりよく思われていなかったようだ、と分かりやした」

「ふむ、それはまたどうしてだ」

「錦絵通りの人たちは万事において、なあなあで済ませることが多いそうです。ところが、三郎兵衛やその店の者たちは生真面目《きまじめ》に考えるので、反りが合わず、揉めることもあったみたいです」

「それに加えて、三郎兵衛の店は新参なのになかなか繁盛していたといいやすから、通りの古参の者たちからは疎《うと》まれていたんでしょう」

「三月前頃、三郎兵衛の店の前に、汚物が撒《ま》かれていたことがあったそうです。食べ物屋なのでその日は商いができず、休むことになってしまったと」

「酷《ひで》え嫌がらせだな」

隼人は顔を顰める。

「派手さが売り物の通りなら、多かれ少なかれ、足の引っ張り合いはあると思われやす」

半太と亀吉の報せを聞きながら、隼人は考えた。

――三郎兵衛は、もしや、錦絵通りの揉め事に巻き込まれて消されたのだろうか。

あれから、三郎兵衛の女房が落ち着いたところで訊ねてみたが、三郎兵衛は誰からも恨まれるような者ではないと涙ながらに言い張った。その言葉に嘘はないだろうが、隼人はこのようにも思うのだ。

――誠実で潔癖な性分《しょうぶん》が仇《あだ》となって、憎まれちまうってこともあるんだよな。皮肉なことによ。

隼人も二人に、せせらぎ通りで聞き込んだことを伝えた。それから察した、三郎兵衛のその日の足取りをも。二人は真剣な面持ちで聞き、頷いた。

「花川戸町を通り抜けて、せせらぎ通りに向かっていたのなら、花川戸で何者かに目をつけられ、そっと尾けられて、あの角の草むらで刺されたってことは大いにあり得やすね」

「うむ。どうも三郎兵衛は、せせらぎ通りをうろうろしていた訳ではなかったようだからな。雪月花に向かう途中で殺《や》られたと見るのが、妥当なような気がするぜ」

炬燵《こたつ》にあたりながら三人で考えを巡らせていると、襖越しにお熊が声をかけた。

「お食事のご用意ができました」

「おう。入ってくれ」

「失礼します」

盆を持って、お熊が入ってくる。湯気の立つ椀を見て、半太と亀吉は舌舐《したな》めずりした。饂飩の上に、ほぐした鯖《さば》とたっぷりの葱《ねぎ》が載っている。お熊は隼人にも椀を差し出した。

「俺の分もあるのか。気が利《き》いてるな」

「旦那様の好物ですからね。夕餉をお済ませになった後でも、これぐらいペロリでしょう」

「好物ってのは、別の腹に収まるものだ」

隼人が肉付きのよいお腹《なか》を叩いてみせると、お熊と半太たちは笑った。

お熊が下がり、隼人たちは鯖饂飩に舌鼓を打ちつつ、話を続けた。

「その錦絵通りには、ほかにどんな店があるんだ」

「酒屋、水菓子《みずがし》屋（果物屋）、小間物屋、荒物屋、居酒屋、呉服問屋、櫛《くし》問屋、

油問屋、蕎麦屋、菓子屋、骨接《ほねつ》ぎ屋などです。それに旅籠もありました」

隼人は食べる手を一瞬止める。三人は目と目を見交わした。

「なにやら、せせらぎ通りに似たような店揃いだな。まあ、通りに並んでる店ってのは、どこもそのようなもんか」

するとと亀吉が首を傾げた。

「いえ……。あっしも、せせらぎ通りに似ているな、とは思ったんです。せせらぎ通りを、もっと華美にした感じといいやすか」

「おいらもそう思いました。店の並び方といい、もしや、せせらぎ通りを真似ているんじゃないかって。それに、旅籠の名前だって」

言いかけて、半太は口を噤《つぐ》む。隼人は半太を見据えた。

「どんな名前なんだ」

「風に月に香ると書いて、〈風月香《ふうげつか》〉っていうんですよ。明らかに雪月花を意識してつけたと思われやすが、如何《いかが》でしょう」

代わりに亀吉が答えると、隼人は目を見開いた。

「その旅籠はいつ頃できたんだ」

「一年前って話です。風月香も仕舞屋を改築したようで、なかなか豪華な造りですよ。商い上手らしく、この一年で客をしっかり摑《つか》んじまったそうで」

「ならば、里緒さんは風月香のことを知っているかもしれねえな」

「そうかもしれやせんね。遣り手《やて》の女将がいて、四十過ぎなのに、やけに若作りで。その女将の、色気を振り撒きながらのもてなしが、お客に受けているようです」

「いろんな旅籠があるもんだぜ」

隼人は眉根を寄せて、汁を啜る。半太も怪訝《けげん》な顔だ。

「日が暮れてくると、風月香の仲居たちが通りに並んで、客引きなどをしているんです。仲居たちは揃って派手な化粧をして、衣紋《えもん》も大きく抜いていて、宿場の飯盛《めしも》り女と変わらなく思えました」

「なるほど。まあ、その旅籠のことはちょいと気に懸かるが、三郎兵衛の事件には関係はなさそうだな」

半太と亀吉はまたも目と目を見交わした。

「いえ……それが、まったく関係なくはないようで」

「どういうことだ」

「風月香の者たちは商いを拡げたいらしく、三郎兵衛に、店を売ってほしいと再三言っていたようなんです。悪いようにはしないから、と。でも三郎兵衛は、頑《がん》として断り続けていたといいます」

「そんな揉め事があったのか」

「はい。ほかにも、通りの居酒屋や蕎麦屋は、三郎兵衛の煮売り屋を目の敵《かたき》にしていたといいます」

「同じく、食べ物を扱う店だからな。……旅籠、食べ物屋、そのあたりか、三郎兵衛をよく思っていなかったのは」

「はい。そう思われやす」

鯖饂飩を食べ終え、三人とも躰が温《ぬく》もっていた。隼人はお茶を啜って、二人に命じた。

「錦絵通りのことはどうも気になる。お前ら、もっと探りを入れてみてくれ」

「かしこまりました、旦那」

半太と亀吉は大きく頷いた。


その頃、里緒たちは戸締りを終え、帳場に集まって、三郎兵衛の葬儀について話していた。

「明日のようね。三郎兵衛さんのご遺体、白金のお家へ運ばれたとのことだから」

「私が行ってきますんで、女将とお竹はここにいてください。男手を貸してくれるよう、寅之助親分に頼んでおきますよ」

「吾平さん、お願いします。悪いわね、遠いところを」

「いえ、そんなことありません。三郎兵衛さんは、よいお客様でしたからね。それなのに、うちにいらっしゃる前に何かに巻き込まれて、命を落としてしまわれるなんて。なんともやり切れませんよ。……お弔いをさせてもらいたい気持ちで、いっぱいです」

吾平が声を詰まらせると、お竹もそっと指で目元を押さえた。

「どうしてあんなにいい方がねえ。下手人が見つかったら、石をぶつけてやりたいですよ」

「石どころじゃ済まねえよ」

二人を見つめながら、里緒も胸が痛くなる。両親が親しかったという三郎兵衛のことを、里緒はもっとよく知りたかった。

「三郎兵衛さんって、皆に好かれる方だったのね。お父さんとお母さんも、旅籠の主人とお客様という垣根を越えて、親しくしていたようだし」

するとお吾平とお竹は顔を見合わせて、息をついた。

「昨夜は旦那たちがいらしたので、深くは話しませんでしたが、三郎兵衛さんは、旦那さんと先の女将さんの恩人だったんですよ」

吾平の言葉に、里緒は目を見開いた。

「どういうことなの」

「三郎兵衛さんがいなかったら、お二人は夫婦になれたかどうか怪しかったんです」

黙ってしまった里緒に、お竹が言い難そうに話した。

「旦那さんと先の女将さんのお付き合いを、大旦那様と大女将が反対されていたことはご存じですか」

「え……そうだったの。初めて聞いたわ」

里緒は目を瞬かせる。吾平が苦笑した。

「お二人、そのことを話していなかったんですね」

「お母さんがここで仲居をしていて、ここの一人息子だったお父さんに見初《みそ》められたとは聞いていたけれど」

「そのとおりですが、大旦那様と大女将は、初めは反対してらしたんです。旦那さんの相手には、もっと別の女人をと考えていらっしゃったようでね。それで旦那さんに厳しく言い聞かせたものの、旦那さんと先の女将さんは燃え上がるばかりで、駆け落ちまで考えていたようです」

里緒は両手で口を押さえた。穏やかだった両親の、若き日の激しい恋を知り、里緒は驚きのあまりに言葉を失う。吾平は続けた。

「ある日、お二人がいなくなってしまって、当時は下働きだった私も探し回りました。ここで働いていた皆で走り回って、でもどこにも見つからない。事を荒立てたくないから奉行所には届けたくなかったけれど、仕方がない……と皆で話していたところ、思い当たったんです。もしや、三郎兵衛さんのところへ行ったのではないかと。三郎兵衛さんご夫婦は当時から、旦那さんのことを可愛がってくださっていたんでね。仲居として懸命に働いていた先の女将さんのことも、目をかけてくださっていたようです」

「そうだったの」

里緒は姿勢を正して、吾平の話に耳を傾ける。

「それで急いで白金へ向かったところ、いらっしゃったんですよ。三郎兵衛さんの家に、お二人が。その頃は三十代半ばだった三郎兵衛さんに、駆け落ちなど早まったことをせずに帰りなさいと、説得されているところでした」

「思い詰めていたのね」

「そのようでした。私たちも説得したのですが、お二人は頑として聞かなくてね。困ってしまっていたところ、三郎兵衛さんが仰ったんです。私がついていって、ご両親をどうにか説得しよう、と。三郎兵衛さんは当時ここのよいお客様でいらっしゃいました。それゆえ、そのような方から何か言ってもらえれば大旦那様と大女将も折れるのではないかと思ったのでしょう、旦那さんと先の女将さんはようやく戻る気になったのです」

「三郎兵衛さんは、本当にお祖父《じい》さんとお祖母《ばあ》さんを説得してくださったのね」

「はい。お二人についてきてくださって、ご自分より八つ年上だった大旦那様と大女将に言い聞かせてくださいました。先の女将さんのことを、いつも懸命に働いている本当によい娘さんだ、とお褒めになってね。そのような娘さんを好いた息子さんは目が高いと、旦那さんのことも褒められて。いえ、私ら下働きも気になりましてね。入れ替わり立ち替わり、こっそり盗み聞きしていたんです。三郎兵衛さん、仰ってましたよ。お二人のことを許してあげなさい、この二人は必ずよい夫婦となって雪月花をますます繁盛させるだろう、私が請け合う、と」

里緒は不意に目頭が熱くなり、そっとうつむいた。

――三郎兵衛さんがいらっしゃらなかったら、私は生まれていなかったのかもしれない。

そのような考えが胸に浮かび、里緒は切なくなる。吾平とお竹は優しい眼差しで、里緒を見つめた。

「といった訳で、三郎兵衛さんは、旦那さんと先の女将さんの、いわば恩人だったのです。三郎兵衛さんの言葉どおり、旦那さんと先の女将さんは息の合ったよい夫婦となり、雪月花をいっそう守り立ててくださいました。大旦那様も大女将も、後には自慢していらっしゃいましたからね。息子は本当によい女房をもらった、うちにはもったいないぐらいのよい嫁だ、と」

里緒の目から、ついに涙がこぼれた。祖父母にそこまで言ってもらえるには、並々ならぬ努力があっただろう。いつも優しい笑みを浮かべていた母親の、芯の強さが窺《うかが》われ、里緒は心を打たれた。

しなやかな指で目元を拭い、里緒は吾平に頭を下げた。

「お話ししてくださって、ありがとうございました。明日、私の分まで、お弔いしてきてください。私もここで、三郎兵衛さんのご冥福をお祈りしています。……でも、ならば、ますます下手人が許せないわ」

里緒は唇を嚙《か》み締める。お竹が声を強めた。

「山川の旦那に、必ず捕まえてもらいましょう」

三人は頷き合った。

三

次の日、里緒は発つお客たちを見送ると、半纏を羽織ったまま、せせらぎ通りの小間物屋を訪れた。

「あら、里緒ちゃん。こんにちは」

内儀のお蔦《つた》が迎えてくれる。お蔦は齢四十一、ふくよかで優しげな面立ちの女だ。里緒はお蔦に頭を下げた。

「お仕事中、ごめんなさい。通りのことで、ちょっと聞いてほしいお話があるのだけれど」

「纏め役、お疲れさま。で、どんなこと？」

お蔦が身を乗り出してくる。里緒は声を少し潜めた。

「この前、ここの角の草むらで、死体が見つかったでしょう。殺《あや》められたのは確かなようだけれど、まだ下手人が見つかっていないわ。それはとても危険なこと。同じような目に遭う人を決して出さないようにするためにも、私たちは今こそ力を合わせるべきだと思うの。どこか怪しい人を見かけたら、連絡《つなぎ》を取り合って、すぐに木戸番《きどばん》に報せましょう。せせらぎ通りと、この通りの人たちを守るためにも」

お蔦は真剣な面持ちで、里緒の話を聞き、大きく頷いた。

「分かった。挙動がおかしな人や、危なげな人を見たら、木戸番へ走るわ」

「うちに報せてくれてもいいわ。直ちに木戸番と親分さんに伝えるから」

「そうね。その時は、お願いします」

二人は頷き合う。お蔦は息をついた。

「里緒ちゃんの言うこと、もっともよね。この通りやこの近くで事件が続いたりしたら、嫌ですもの。追剝ぎだったらまた狙ってくるかもしれないから、力を合わせて防がないと」

「この通りに、差し障りが出ていないかが心配なの。どこのお店も、事件があってから、お客さんが減ってしまったりしていないわよね」

「大丈夫だと思うわよ。うちは、若干減ったかな、ってぐらいですもの。まあ、殺しなどがあれば、あの近くは物騒《ぶっそう》だ、などという噂が流れて、少しは客足が減るのは仕方がないわよ。でも、事件が続けばお客さん離れは確かだから、それは食い止めたいわね」

「ええ。力添えし合って、一日も早く下手人を捕まえましょう」

「承知したわ」

里緒は再び一礼し、小間物屋を出て、次に向かった。

せせらぎ通りのすべての店を回って、お蔦に言ったのと同じことを伝えた。里緒の案に、皆、力添えすることを約束してくれた。誰もがせせらぎ通りを大切に思っていることが分かって、里緒は心が温まる。

——下手人を見つけて、三郎兵衛さんの仇《かたき》を取らなければ。

そのような思いに突き動かされ、里緒は居ても立ってもいられなくなったのだった。

雪月花に戻る途中、隣の花川戸町のほうから、酷《ひど》く酔っ払った男が何か喚《わめ》きながらふらふら歩いてくるのが、目に入った。

——昼間からあんなに酔うなんて。もしや、昨夜から呑み続けていたのかもしれないわね。

花川戸町は盛り場が多くていつも賑わっているが、その分、物騒なことも多いと思われる。

——隼人様、あれからいらっしゃらないけれど、探索は進んでいるのかしら。でも……今日の三郎兵衛さんのお葬式が終わったら、何か報せにきてくれるような気がするわ。

冷たくなってきた風に吹かれながら、里緒は勘を働かせた。

三郎兵衛の葬式は七つ（午後四時）からなので、それに間に合うように吾平は用意した。吾平が雪月花を出る直前、寅之助と民次《たみじ》が訪れた。民次も、盛田屋の若い衆だ。

寅之助は苦み走った顔で、低い声を響かせた。

「こいつにお供をさせるんで、使ってやってくれ」

「よろしくお願いいたしやす」

大柄な民次が頭を下げる。吾平は民次の肩を叩いた。

「こちらこそ、よろしくな。……親分、いつもすみません。気を遣っていただいて」

「なに、おたくと、うちの仲じゃねえか。留守の間は、わっしがあんたの代わりをするから、安心していってきな」

寅之助は、強面《こわもて》の顔に笑みを浮かべる。吾平は頭を掻いた。

「親分自らが、番頭を務めてくださるっていうんですか。なにやら悪いなあ」

「いや、わっし、一度ここの番頭ってのをやってみたかったんだよ。ちょうどいい機会だろ」

寅之助は豪快に笑いながら、吾平の背中を叩いた。

「敵《かな》わねえなあ、親分には。ではお言葉に甘えて、後を頼みます」

「おう、半纏貸してもらうぜ」

お竹がすぐさま、半纏を寅之助に羽織らせる。その姿を眺めて、一同は目を瞬《しばた》かせた。

「親分さん、よくお似合いよ」

里緒は微笑むも、民次は首を傾げる。

「いや、親分の背中には、雪月花なんて風流な屋号紋は今一つ、柄《がら》じゃねえかと」

「よけいなこと言ってねえで、さっさとお供しろってんだ」

「いてえっ」

寅之助の拳固《げんこ》が飛んできて、民次は頭を押さえる。吾平は苦笑いだ。

「民次、そろそろ行くぞ」

「へい」

二人は皆に見送られ、白金へと向かった。

帳場に座った寅之助を眺め、里緒は息をついた。

「親分さんがいてくださると、安心だわ」

「これから師走《しわす》にかけて物騒なことが多くなるからな。火事だの、強盗だの、男手が幸作だけじゃ、心配だろうよ。吾平や、わっしみたいな、いかついのがいねえとな」

「仰るとおりですよ。そうやって座っていてくださるだけで、心強いですもん」

寅之助にお茶を注ぎながら、お竹が口を挟む。それを啜って、寅之助は呟いた。

「座ってるだけで役に立つってのか。なにやら、座敷童《ざしきわらし》みてえだな」

里緒とお竹は思わず笑ってしまう。寅之助のおかげで、湿っぽい空気が紛《まぎ》れたのは確かだった。一息ついたところで、里緒は気懸《きが》かりなことを訊ねてみた。

「山川様、あれからいらっしゃらないけれど、探索は進んでいるのかしら」

「下手人はまだ見つけていないようだ。三郎兵衛のことをいろいろ探っているところじゃねえかな。女将たちは知っていたかい？　三郎兵衛が隣町の花川戸で、店をやってたってことを」

里緒とお竹は目を見開いた。

「初めて聞いたわ。そうだったの？」

「私も今の今まで知りませんでした」

「数年前頃から、煮売り屋を開いていたらしい。自分の畑で穫れた野菜を使って、惣菜を作っていたんじゃねえかな。旨《うま》いと評判で、なかなか繁盛していたみてえだぜ」

お竹が肩を落とした。

「ならば、もっと早く、ここを訪ねてきてくれればよかったのに。お店には顔を出していたんでしょうから」

「店に来てはいたらしいが、二月に一度ぐらいだったそうだ。それも午前《ひる》に来て、その日の内に必ず帰っていたと。ここに立ち寄る暇がなかったんじゃねえかな」

「それにしても、水臭いじゃありませんか」

お竹が唇を尖《とが》らせる横で、里緒も眉根を寄せた。

「私もそう思うわ。お父さんとお母さんがお世話になった方に、一度お会いしてみたかったもの」

寅之助は腕を組んだ。

「その気持ちは分かるけどよ、ここは旅籠だろ？　来るほうの立場からすると、泊まりもしねえのに立ち寄るってことに、躊躇《ためら》う気持ちはあるんじゃねえかな。わっしたちみてえに始終行き来しているような仲ならいざ知らず、長らく無沙汰してた者なら、尚更な」

里緒とお竹は押し黙ってしまう。寅之助の言葉には、一理あるように思えたからだ。

「まあ、そう言われてみれば、そうかもしれませんがね」

「気軽にお顔を見せてくださっても、よかったのに」

寅之助はお茶を啜って、唇を舐めた。

「どうも、その煮売り屋を買い上げたかった者がその通りにいたようだ。三郎兵衛はもしや、店に纏《まつ》わる揉め事に巻き込まれたんじゃねえかと、旦那は考えているみてえだよ。まあ旦那のことだ、葬式が終わったら、近々また訪れるだろうよ。詳しいことは、その時に直接山川の旦那に訊いてみてくれ」

「分かったわ。ところで隼人様たちも、お葬式にいらっしゃるのかしら」

「旦那も半太と亀吉を連れて向かったようだ。どんな者たちが訪れるか、葬式を見張るんじゃねえかな。また何か新しいことを摑んできてほしいぜ」

するると帳場の入口の長暖簾《のれん》をそっと捲《めく》って、幸作が顔を覗かせた。

「お話し中のところ、すみません。夕餉で出す料理の味見をお願いしたいんですが。初めて作った料理なんで、今一つ不安で」

「いいわよ。いったいどんな料理？」

幸作は帳場の中へ入り、里緒たちの前に膳《ぜん》を置いた。

「鯔《ぼら》の南蛮漬けです」

揚げたてのそれは、芳《こう》ばしい匂いを放っている。

「あら、美味しそう」

「親分さんも召し上がってみてください」

「おう。相伴《しょうばん》に与《あずか》るぜ」

里緒たちは早速、箸を伸ばす。一口食べて、三人は目を細めた。鯛《たい》にも似た味わいだが、巧《うま》く料理すれば鯔のほうが数倍美味しいのだ。

里緒は熱々の身に息を吹きかけながら、一つ食べ終えた。

「ご馳走様。上出来です。お客様も喜んでくださるわよ」

里緒に微笑まれ、幸作は顔をぱっと明るくさせた。

「よかったです。自信が持てました」

「幸作、また腕を上げたんじゃねえか。絶品だったぜ」

「鯔の生臭さも見事に消えていたわね。これなら何方《どなた》に出しても恥ずかしくありません」

里緒たちのお墨付きを得て、幸作は嬉々《きき》として板場へ戻っていった。

吾平はその日の内に帰ってきたが、疲れている様子だったので、先に休んでもらった。葬式については民次から聞いたが、別段変わったこともなく、しめやかに行われたようだった。里緒は民次に訊ねた。

「三郎兵衛さんのお墓は、やはり白金よね。近いうちにお参りにいきたいと思っているのだけれど」

「いえ、白金じゃねえです。三郎兵衛さんのところの菩提寺《ぼだいじ》は瑠璃光寺《るりこうじ》で、芝《しば》の愛宕《あたご》山近くでした」

「あら、じゃあ白金からは少し離れているわね。そこまで野辺《のべ》送りをしたの」

お竹が口を挟むと、民次は頷いた。

「はい。吾平さん、それでちょっとお疲れになってしまったみてえで」

里緒とお竹は顔を見合わせた。

「なるほど。民次さんも本当にお疲れさまでした」

「ちょっとゆっくりしていったら？　夕餉でお客様に出した鯔の南蛮漬けが残ってるのよ。食べていかない？」

民次は唇を舐め、寅之助を見る。寅之助は子分の背を叩いた。

「おう、遠慮せず馳走になれ。厚意には甘えていいんだぜ。だがな、感謝の気持ちは忘れるんじゃねえぞ」

「へい、ありがたくご馳走になりやす」

民次は威勢よく返事をした。

民次は鯔の南蛮漬けでご飯を丼二杯食べ、寅之助と一緒に帰っていった。

翌日の夜五つ（午後八時）、里緒や寅之助の予感どおり、隼人が雪月花を訪れた。

「すまんな、度々」

玄関口に佇む隼人に、里緒は微笑んだ。

「いらっしゃいませ。お待ちしておりました。どうぞお上がりください」

白藤色の着物を纏い、紫紺《しこん》色の帯を結んだ里緒は、可憐《かれん》な花の如き美しさを湛《たた》えている。里緒に見惚れる自分に気づき、隼人は頭を掻いた。

「おじゃまするぜ。長居はしねえからな」

隼人が雪駄《せった》を脱いで上がり框を踏むと、帳場からお竹が出てきた。

「あら、旦那。いいんですよ、長居してくださって。なんならお泊まりになっていっても。今日はちょうど一部屋空いているんですよ」

お竹の相変わらずの調子のよさに、隼人は苦笑する。

「なにやら俺を帰したくないみてえだな。番犬代わりにでもするつもりかい？」

「あら、番犬なら間に合ってますよ。うちには古くて大きいのがいますから」

お竹がけらけら笑うと、吾平も帳場から現れ、睨《にら》みを利《き》かせた。

「お竹、今、何か言ったか」

「いえ、別に。……地獄耳ですこと」

咳払いするお竹に、吾平はにじり寄った。

「番犬なんてのはな、古くて大きいのがいいんだぜ。新しくて小さい犬なんて、何の役にも立たねえや。ねえ旦那、そうですよね」

「まあ、言いたいことは分かる。だが、女ってのは、そういう犬のほうを可愛がりたいと思うものかもしれねえぜ」

隼人はそう答えながら、里緒を見やる。里緒は目を瞬かせ、澄ました顔で返した。

「古くても新しくても、大きくても小さくても、番犬ならば強いのが一番ですわ」

隼人と吾平は目と目を見交わし、頷き合った。

「そりゃそうだな」

「さすが女将。説得力ありますよ」

廊下に置かれた、大きな行灯《あんどん》の明かりが揺れる。里緒は自分の部屋へと、隼人を通した。

「お座りください」

里緒は炬燵《こたつ》を指し、隼人を促す。

「肌寒くなってきたな」

「そろそろ立冬を過ぎますものね。すると紅葉が見頃になります」

二人は一緒に炬燵にあたる。隼人は三郎兵衛の葬式のことを話した。

「故人が生前、いかに慕われていたかが分かるような葬式だったぜ。多くの人が弔問に訪れ、あちこちから啜り泣きが聞こえていた。さすがに聞き込みをするのは躊躇っちまったが、まあ、少しは訊ねた。誰もが言っていたな。三郎兵衛は恨まれるような人では決してなかった、と」

「私もそう思います。……ご家族の皆様は本当にお辛いでしょうね」

「女房は憔悴《しょうすい》しちまって、話すこともできないようだった。長男夫婦と次男夫婦とは話ができたが、親父さんに最近変わったことはなかったか、誰かと揉めているようなことはなかったか、などと訊いてみても、双方とも首を捻《ひね》るばかりだ。長男も次男も、愕然《がくぜん》としていたぜ。自分の父親を知っているようで知らなかったみたいだ、とな。三郎兵衛は自分の悩みなどを、家族にも話さないような男だったのだろう」

「案外……親ってそういうものなのかもしれませんね。子供に話さないことって、意外にあるのかもしれません」

里緒は襟元をそっと直した。

お竹がお茶を運んできて、すぐに下がろうとすると、隼人が呼び止めた。

「ちょいと話を聞かせてもらいてえんだが、お前さんたち、隣の花川戸町に錦絵通りって名の通りがあることを知っているかい」

里緒とお竹は顔を見合わせた。

「はい。以前から、名前は聞いたことがありました。昨日も親分さんがその通りのことをお話しになられて。三郎兵衛さんのお店があったのですよね」

「そうだ。その通りで煮売り屋をしていた」

「お店はまだ開いているのでしょうか」

「三郎兵衛が亡くなって、ここ数日は仕舞っていたようだ。雇われていた者たちで続けることもできるだろうが、前々からその店を狙っていた奴らが、買い取っちまうかもしれねえな」

「そのお話も親分さんから聞きました。三郎兵衛さんのお店を狙っていたっていうのは、誰だったんでしょうね」

お竹が身を乗り出す。

「それがな、錦絵通りに一年ぐらい前にできた、旅籠の連中だって話だ」

里緒とお竹は再び顔を見合わせる。隼人は腕を組んだ。

「風月香って名の旅籠だが、聞いたことはあるかい」

「はい。名前は存じております。お客様にも言われたことがございます。……ここと似たような名前の旅籠が花川戸にできたけれど、たまたまなのか、わざとなのか、どちらなのだろう、と」

里緒はそっと目を伏せる。隼人は息をついた。

「そりゃ、こちらにしてみれば、気分がよいものではねえよな。でもよ、気にすることはねえぜ。雪月花と風月香では、大違いだ。雪月花が上品な落ち着きに満ちた旅籠なら、あっちは下品な喧噪《けんそう》に塗《まみ》れた宿だ。女将が年増《としま》の色気を振り撒きながら、派手な仲居を揃えて客を集めていやがる」

顔を顰める隼人に、里緒は微笑んだ。

「大丈夫です。気に懸けてなどおりません。うちはうちの商いを、淡々と続けていきたく思います」

「うむ。それでこそ雪月花、それでこそ里緒さんだ。自分たちのよさを決して忘れないでいてくれよ」

「はい」

見つめ合う里緒と隼人の傍で、お竹は納得がいかないようだ。

「風月香の噂を聞いても、相手にしないようにはしていましたが、なにやら厭《いや》らしげな者たちですねえ。まさか三郎兵衛さんを殺したのは」

「お竹さん、滅多《めった》なことを口にするものではないわ」

里緒がぴしゃりと言う。お竹は肩を竦め、口を尖らせた。

「はい、すみません」

「いや、お前さんが疑うのも無理はねえ。こちらも、その線でも探索を進めているからな。三郎兵衛の店は繁盛していて、それを疎《うと》ましく思っていた者もいたようだから、錦絵通りはよく探ってみるぜ」

「同じ通りで、そのような憎み合いがあるなんて、世知辛《せちがら》いですね」

「せせらぎ通りでは、揉め事ってありませんけどね」

「もし、万が一にも、風月香がこの旅籠を売ってくれなんて言い出したら、すぐに教えてくれ。俺が風月香の奴らを怒鳴りつけてやるからよ」

頼もしい隼人を、里緒は眩《まぶ》しげに見つめる。

「ありがとうございます。もちろんその時はご相談させていただきます」

「うむ。世の中ってのは善人ばかりじゃねえからな。この通りには和やかな者が集まっているようだが。諍《いさか》いもなくて、なによりだ」

お茶を啜る隼人を眺めながら、お竹が思い出したように言った。

「そういえば、うちも以前、売ってくれと言われたことがあったんですよ」

里緒と隼人は目と目を見合わせる。里緒は思わず声を強めた。

「そうだったの？　私、初めて聞いたわ」

「それは、いつ頃だ」

「今から四、五年前頃でしょうか。先代の旦那さんと女将さんがいらっしゃった頃です。先方は高額を示したようですが、お二人とも決して承諾なさいませんでした。まあ、当然と言えば当然ですけれど。お二人は、雪月花を本当に大切にしていらっしゃいましたから。お二人が頑として断ったので、先方も諦《あきら》めたようで、何も言ってこなくなりました」

里緒は胸に手を当てた。

「そのようなことがあったのね。……お父さんとお母さん、私に何も言わなかったわ」

「里緒さんを心配させたくなかったんだろう。ご両親に礼を言いたいぜ。素敵な旅籠を守ってくれてありがとう、となし」

里緒の目が不意に潤む。お竹が立ち上がった。

「旦那、お腹が空きましたでしょう。何かちょっとしたものをお持ちしますね」

すると目元を押さえながら、里緒も腰を上げた。

「私が何かご用意するわ。お竹さんは隼人様にお茶を注いで差し上げて」

里緒はお竹に告げると、足早に部屋を出ていった。お竹は部屋に残って、息をついた。

「旦那の顔を見ていたら泣いてしまいそうだったんですよ。女将、意地っ張りなところがあるから。もっと素直になればいいのにね」

「いいじゃねえか。素直になれないところが可愛いってこともあるんだぜ、女は」

「あら、聞いたようなことを仰る」

行灯の明かりが柔らかに灯《とも》る部屋に、静かな笑い声が響いた。

暫《しばら》くして、里緒は皿を持って戻ってきた。

「納豆おやきです。召し上がれ」

皿に盛られた、煎餅《せんべい》のようなものを眺め、隼人は目を瞬かせた。

「これが納豆でできてるってのかい」

「はい。ひきわり納豆と、水で溶いた饂飩粉《うどんこ》を混ぜ合わせて、焼き上げました」

「ほう。初めて食べるぞ。……では一つ」

隼人は指で摘まんで頬張り、大きく頷いた。

「これはいけるじゃねえか」

すぐに二つ目に手が伸びる。里緒とお竹は微笑み合った。

「納豆おやき、私たちの間で、このところ流行《はや》っているんですよ」

「女将は作る時、饂飩粉を控えめにしているので、お腹に溜《た》まり過ぎないでいいんです。おやつには、もってこいですよ」

「納豆は躰《からだ》によいというし、旨いし、最高じゃねえか。これならば多少食っても、肥《ふと》らねえで済むな」

ぱくぱくと頬張る隼人に目をやりながら、お竹が注意した。

「いえ旦那、どんなものでも食べ過ぎれば肥りますよ」

思わず噎《む》せる隼人に、里緒がすかさずお茶を差し出す。

「ゆっくり召し上がってくださいね」

「ありがとよ」

お竹は笑みを浮かべて、二人を眺めていた。

第二章　雪月花と風月香

一

肌寒いが、よく晴れた朝だ。里緒は障子戸を開けて、大きく伸びをした。庭の椿の蕾《つぼみ》はいっそう膨《ふく》らんでいる。どこからか百舌鳥《もず》の啼《な》き声が聞こえてきた。

五つになって、お客たちに朝餉を運び、それから里緒たちも広間に集まって食事をする。昼餉と夕餉は、銘々《めいめい》、手の空いている時に済ませるが、朝餉はなるべく皆で食べるように心懸けている。その時に、一日の仕事の流れなどを打ち合わせるのだ。

今日の朝餉は、雑穀ご飯と豆腐の味噌汁に、焼き鮭、蕪《かぶ》の漬物だ。味噌汁を啜り、里緒は相好《そうごう》を崩した。里緒は豆腐が大好物なのだ。

「この漬物、しょっぱ過ぎなくていいぞ」

「はい。気に入ってもらえてよかったです」

吾平に褒められ、幸作は嬉しそうだ。お竹が口を挟んだ。

「そういえばこの通りの見廻《みまわ》りって、今日の夜からですよね」

「そうだ。五つ半（午後九時）から四つ（午後十時）まで、今夜は〈春乃屋《はるの》〉の主人と、〈西村屋《にしむら》〉の主人が務めることになっている」

春乃屋は菓子屋、西村屋は質屋だ。

「その刻って、殆どのお店が仕舞っていて、通りが暗いですよね」

「木戸が閉まる前の、一番危うい頃です」

お栄とお初も口を挟む。里緒は息をついた。

「見廻りをする人たち、どうか気をつけてほしいわ」

「大丈夫でしょう。親分たちも目を光らせてくれているようですし」

すると玄関の格子戸が勢いよく開いて、大きな声が響いた。

「すいやせん」

一同、顔を見合わせる。

「磯六のようだな」

吾平が立ち上がり、広間を出ていく。里緒もなにやら気になり、後に続いた。お竹も腰を上げる。

三人でぞろぞろと出ていくと、磯六が目を剝《む》いて伝えた。

「この通りの、質屋の主人が殺されやした」

「ええっ」

里緒は手で口を押さえた。吾平とお竹は愕然《がくぜん》とし、言葉を失う。磯六は続けた。

「主人は血塗れで、店がたいそう荒らされていやして、強盗の仕業ではねえかという話です」

吾平は喉を鳴らした。

「昨夜殺られたってことか」

「そのようです」

「お、お内儀《かみ》さんはどうだったの」

お竹は声を上擦《うわず》らせる。

「躰を壊して、寮（別宅）で静養しているとかで、無事でした」

「少し、ほっとしたわ」

お竹は冷や汗が滲んだ額を、手で拭う。里緒たちは動揺を隠しきれなかった。

せせらぎ通りの者が殺されるなど、未だかつてなかったからだ。

質屋西村屋の主人の啓蔵《けいぞう》は、齢五十一。里緒は啓蔵とはそれほど親しい訳ではなかったが、話したことは何度もある。昨年開いた、里緒の両親を偲《しの》ぶ会にも、啓蔵は出席してくれた。

質屋という仕事柄、人の恨みを買いそうではあるが、啓蔵は誠意のある商いをすることで知られており、信頼されていた。

啓蔵の息子は、日本橋に作った支店の主人を務めており、そこもなかなか評判がよい。親子で商い上手のようだった。

——お金を持っているだろうと、目をつけられてしまったのね。

里緒はやり切れない思いで、うつむく。磯六は里緒を見つめた。

「女将さんたちが纏め役とのことですので、お報せいたしやした。山川の旦那が出張って、調べてくださってていやす」

「分かりました。お伝えくださって、ありがとうございます」

里緒は磯六に丁寧に礼をした。

磯六が帰ると、里緒たちは顔を見合わせ、深い溜息をついた。話し声が聞こえたようで、お栄やお初、幸作も広間から顔を覗かせていた。

「なんだか……たいへんなことが続きますね」

不安げなお栄の肩に、里緒は手を載せた。

「大丈夫よ。きっと落ち着くわ。強盗ならば、案外すぐに捕まるかもしれないし」

「うちも戸締りは厳重にすることにしよう」

「弥生の大火が、まだ尾を引いているのかもしれませんね。あの火事で路頭に迷う人たちが増えてしまったから」

お初もなにやら心細げだ。里緒はお初の肩にも手を置いた。

「とにかく、お客様方を不安にさせてはいけないわ。お客様から訊かれるまで、質屋さんの一件は決して話しては駄目よ。もし訊かれても、このように答えておきなさい。ああ、そのようですね。でも下手人の目星はついていてすぐに捕まりそうですよ、と」

「かしこまりました」

お栄とお初は真剣な面持ちで頷いた。

里緒が表に出てみると、通りの人々はざわめいていた。春乃屋の女房であるお篠《しの》が青褪めた顔で、里緒に話しかけてくる。お篠は齢六十一、白髪を綺麗に結って洒落《しゃれ》た着物を纏った、山之宿町でも名高い粋な婆様だ。

「なんだか怖いわねえ。西村屋さん、今夜うちの人と一緒に、見廻りするはずだったのに」

「押し込まれたのは昨夜だったんですよね」

「そうみたいよ。朝、店の人が来て、見つけたみたい。下男も殺されていたって」

「酷《ひど》い……」

里緒は顔を顰めた。お篠は里緒の背中をさすった。

「お互い、戸締りはちゃんとしようね」

「ええ。……これほど物騒なら、夜の見廻りはやめておいたほうがいいかもしれませんね。何かあった時に、巻き込まれてしまうことも、あり得そうだから」

「そうだね。盗賊の仕業とも思われているみたいだから、奉行所に任せておいたほうが賢明かも。目を光らせておいてくれるよ」

里緒は頷き、質屋のほうに目をやる。隼人が半太と亀吉を連れて、周りの店に聞き込んでいるのが見えた。

里緒に気づくと隼人は会釈《えしやく》をし、半太に目配せした。半太が里緒のほうへ駆けてくる。

「女将さん、すみません。ちょいとお伺いしたいのですが」

「はい」

「殺された西村屋さんは妾を囲っていたとのことですが、どの辺りに住んでいるかご存じですか」

里緒は大きく瞬きした。

「え、お妾がいらっしゃったんですか」

里緒の隣で、お篠が苦笑した。

「里緒ちゃんは知らなかったんだ。この通りでは暗黙の了解みたいなもんだったけれどね」

「お篠さん、ご存じだったの」

「まあね。確か、三年ぐらい前に芸者を落籍《ひか》せたんじゃないかな。……そうか。ちょうどその頃、里緒ちゃんはご両親のことがあったんだ」

「ああ、それで知らなかったのかもしれません。ごたごたしていましたから」

里緒は納得する。半太はお篠に問いかけた。

「西村屋さんの妾について、知っていることを何でも話してください。芸者だったんですか」

「深川《ふかがわ》の人気者だったみたいだよ。西村屋さん以外にも、落籍せたかった男は多かったんじゃない？　歳は三十手前だと思うけれど。でもさ、西村屋さんのお内儀は、そのことがあって具合が悪くなってしまったんだよね」

「そうだったんですか」

里緒が思わず口を挟むと、お篠は大きく頷いた。

「お内儀は今、向島《むこうじま》の寮にいるでしょ。お妾が住んでいるのは、確か、本所《ほんじょ》の法恩寺《ほうおんじ》橋の近くだったと思うよ」

「名前は分かりますか」

「そこまではちょっとねえ。ごめんね」

「いえ、とても助かりました。早速、探ってみます」

半太はお篠に深く礼をした。

「もしや、お妾がほかの男に乗り替えたくて、その男に頼んで殺らせた、なんてことはないよね」

お篠の大胆な推測に、里緒と半太は目を瞬かせた。

「な、なるほど。そういった線もあるかもしれませんね」

「お妾さんって、それほど悪い女なのかしら」

お篠は鼻白《はなじろ》んだ。

「ふん。いずれにしろお内儀を追い詰めたんだ。一癖、二癖あるに決まってるさ」

「でも……西村屋さんって、真面目な商いで、お客さんたちから信頼されてましたよね。あのご主人が、そのような男《ひと》だったなんて」

「仕事に対する態度と、女に対する態度は、また別だった、ってことですかね。男にはいますよ、そういうの」

訳知り顔で、半太が口を挟む。すると隼人と亀吉もやってきて、里緒とお篠は一礼した。

「お疲れさまです」

「おう。どうだ半太、何か分かったか」

「はい。妾の家の場所を教えてもらったので、今から探ってきます」

「頼むぜ。俺と亀吉は骸を番所へ運ぶからよ」

「かしこまりました。では行って参ります」

半太は勢いよく駆け出す。

「お気をつけて」

里緒が声をかけると、半太はくるりと振り返って頭を下げ、また走り始める。元気で一途な半太の姿に、里緒とお篠は目を細めた。

隼人によると、啓蔵の葬式は、遺体が詳しく検められた後になるようだった。

「物騒なことがこの通りで続くな。くれぐれも注意してくれよ。里緒さんのところも暫くは、夜に訪れる一見《いちげん》の客はすべて断ったほうがいいかもしれねえな」

「はい。そのようにいたします」

里緒は素直に頷いた。


半太は本所の法恩寺橋の近くを訊ね歩いた。

「この辺りに、お妾さんらしき女《ひと》は住んでいませんでしょうか。三十前ぐらいで、元は深川芸者です」

すると十軒目にあたった、清水町《しみずちょう》の湯屋の主人が教えてくれた。

「ああ、それらしき女を知っている。よくうちに入りにくるけど、目立ってるね。そこを真っすぐいった先の、葡萄茶《えびちゃ》色の格子戸《こうしど》の仕舞屋に住んでいるよ」

「ありがとうございます」

　半太は辞儀をして、湯屋を飛び出した。

　表通りから入った小路に、仕舞屋はあった。その構えからも、西村屋は妾を大事にしていたであろうことは窺われた。

　入口で大きな声を出すと、年老いた下女が現れた。尻端折《しりはしょ》りにした小袖《こそで》に股引《ももひき》、半纏姿の半太を眺め、下女は怪訝《けげん》な顔をした。

「どちら様でございましょう」

「南町奉行所同心の山川隼人様の使いで参りました。岡っ引きの半太と申します。こちらのご主人は、浅草山之宿町の質屋、西村屋啓蔵さんのお知り合いでいらっしゃいますよね」

　半太は、隼人から預かってきた十手《じって》を、ちらりと見せる。下女は目を瞬かせ、一瞬の沈黙の後、答えた。

「はい……さようでございますが」

「その啓蔵さんがお亡くなりになられたので、お報せに参りました。殺されたんです」

　下女は、ひいっと小さな悲鳴を上げ、両手で口を押さえた。半太は下女を見据えた。

「それで、こちらのご主人にいくつかお話をお伺いしたいのですが、よろしいですか」

「はっ、はい。どうぞ」

下女は半太を家に上げた。

半太は居間で待たされ、少しして西村屋の妾らしき女が入ってきた。美しい顔を青褪めさせている。女は半太に向かい合って座り、礼をした。

「お役目、お疲れさまです。

お染の切れ長の目には、涙が滲《にじ》んでいる。

「西村屋啓蔵さんのことで、お伺いしました」

「話は下女から聞きました。驚いてしまっております。お元気でしたのに……これほど突然」

お染の声が震える。半太は息をついた。

「お悲しみの刻に申し訳ないですが、西村屋さんについていくつか教えてください。近頃、何か変わったことはなかったですか」

「特別、なかったように思います。私は気づきませんでした」

洟《はな》を啜りながらお染が答える。

「質屋の仕事について、あなたに話すことはありましたか」

「たまにございましたが、詳しいことはお話しになりませんでした」

「高価なものを預かったとか、それを狙っている者がいる、といったような話はしてませんでしたか」

「はい。聞きませんでした」

「西村屋さんを恨んでいた者などにも、心当たりはありませんか」

するとお染は、首を傾げて、口を噤《つぐ》んだ。眼差しを彷徨《さまよ》わせた後で、お染は半太を見つめた。

「未だに恨んでいるかは定かではありませんが、旦那様を快く思ってなかった人は知っています」

「それは誰ですか」

半太は身を乗り出す。

「呉服問屋のご主人です。私が芸者だった頃、その方と旦那様はずいぶん張り合っておりました。呉服問屋のご主人は金子《きんす》を積んでくださって、本当は、私はその方に身請けしていただくことに決まっていたのです。ところが旦那様が狡《こす》いことをなさって、私を落籍《ひか》してしまったのです」

「どのようなことをしたんですか」

「呉服問屋の悪い噂を流したのです。職人を集めて安い材料で偽の友禅《ゆうぜん》を作って、高値で売っている、と。あらゆる手を使って噂を広めたみたいで、その店は大きな打撃を受けてしまいました。吉原の大見世《おおみせ》にも卸しておりましたのに、お声をかけてもらえなくなってしまって。ご主人も困り果てていらっしゃいました。その隙《すき》に、旦那様が置屋《おきや》の女将たちと話をつけ、私を自分のものにしてしまったのです」

「仕事の邪魔をされたうえに、好きな女を横取りされたのだから、そりゃ恨んじまいますよね」

半太は眉根を寄せる。お染は目を伏せた。

「呉服問屋のご主人はかなりお怒りになったようで、置屋を去る時、女将にも言われました。刺されたりしないよう注意しなさい、と。だから……ご主人がその時のことを未だに根に持っていらっしゃるなら、もしや、と」

「身請けされたのは三年ぐらい前ですよね」

「さようでございます」

「それほど経っていないから、未だに恨みが続いていることもあり得るか」

半太は顎を撫《な》でながら独り言のように呟き、また訊ねた。

「その呉服問屋はどうなりました？　潰《つぶ》れてしまったんですかね」

「いえ、どうにか持ちこたえて、今も開いているようです」

「どの辺りにあるのでしょう」

「浅草の花川戸町です」

花川戸と聞いて、半太は眉を動かした。

「店の名は何というのでしょう」

「〈喜島屋《きじま》〉です。ご主人の名前は、宗右衛門《そえもん》さんです」

「喜島屋宗右衛門、か」

半太は呟き、お染に礼をした。

「話してくださって、ありがとうございました。また何か訊きにきてしまうかもしれませんが、お許しください」

「承知しました」

うつむいているお染に、半太は告げた。

「お葬式は、二、三日後になるようです」

「さようですか」

お染は顔を上げぬまま、微《かす》かな声を出した。

半太はお染の家を後にすると、花川戸町に向かった。呉服問屋の喜島屋を訊ね歩き、見つけたところで、半太はあっと声を上げた。

喜島屋があったのは、錦絵通りだったからだ。


その頃、隼人と亀吉は、向島の法性寺《ほっしょうじ》近くにある西村屋の寮へと向かっていた。この辺りは眺めがよく、ちらほらと紅葉の彩りを見せ始めている。

小さな庭には下男がいて、熱心に薪を割っていた。隼人は声をかけた。

「西村屋のお内儀は、こちらかな」

下男は手を休め、首に巻いた手ぬぐいで顔を擦《こす》った。

「はい、いらっしゃいますが、何かございましたか」

「ご主人の啓蔵が亡くなった。昨夜、殺されたんだ」

下男は目を見開いたまま、斧《おの》を滑り落とした。

隼人と亀吉は中に通され、内儀のお克《かつ》と向かい合った。

「こんな姿で失礼いたします」

お克は白髪の多い頭を、深々と下げる。寝巻の上に、半纏を羽織っていた。お克は酷くやつれ、腕などは枯れ枝のようで、隼人は心配になった。

「具合が悪いところ、すまねえな。……お悔やみ申し上げる」

隼人が一礼すると、亀吉も倣《なら》う。お克は礼を返し、か細い声を出した。

「私より先に逝ってしまいますなんて。人の命って儚《はかな》いものですね」

「このような時になんだが、啓蔵が仕事で揉めている、というような話は聞かなかったかい」

「聞きませんでしたねえ。私は一月前にこちらに来たのですが、主人が見舞いにきてくれたのは一度きりでしたし。考えてみましたら、ここ数年、主人とはそれほど話をしておりませんでした」

お克は顔を曇らせ、突然、咳き込んだ。

「大丈夫か」

隼人と亀吉が思わず腰を上げる。すると下女が入ってきて、お克に水と薬を渡した。それを急いで飲むと、お克は少し落ち着いた。

「申し訳ございません。お内儀様は昂《たかぶ》ると噎《む》せてしまうことがあるのです」

下女に頭を下げられ、隼人は恐縮する。

「こちらこそ、すまねえ。お内儀、早く躰を治してくれよ。お大事にな」

隼人が微笑みかけると、お克は絶え絶えに言った。

「主人のことは……もう好きでも嫌いでもないと思っていましたが……いなくなってしまうと、寂しいものですねえ」

お克の目から涙がこぼれる。隼人はお克の痩せた肩に、そっと手を置いた。

二

啓蔵の葬式は、しめやかに行われた。せせらぎ通りの各々の店からは、一人もしくは二人が出席した。喪主は内儀のお克だったが、殆ど動くことができないので、実際は息子夫婦がその代わりを務めていた。

湯灌《ゆかん》された遺体に経帷子《きようかたびら》を着せ、白布の袋を首にかける。この袋の中には、米、銭、血脈《けちみやく》が入っている。血脈とは極楽往生の保証手形で、寺によって用意される。そして手甲《てつこう》をつけ、草鞋《わらじ》を履かせる。

準備が整い、竹と萱《かや》で作った仮門から出棺した。菩提寺である報恩寺まで、野辺《のべ》送りの葬列が続いた。その中には、里緒と吾平の姿もあった。白い喪服を着た人々は、粛々《しゅくしゅく》と歩を進めた。

啓蔵は土葬され、喪主から順に土をかけた。無事に埋葬が済むと、緊張の糸が切れたかのように、お克が倒れかけた。

戻る時には、お克は息子の背に負ぶわれていた。妾のお染は、ついに姿を現さなかったようだった。

西村屋に帰ってくると、お克は布団に寝かされた。集まった者たちは、奥の広間へと通され、お茶を出された。

「お忙しい中ご参加くださり、まことにありがとうございました」

息子とその内儀が、深々と礼をする。そこへ、雪月花のお栄と幸作が、塩むすびを届けにきた。

「皆様でお召し上がりください」

そう告げると、二人は速やかに立ち去った。啓蔵の息子夫婦は肩を竦めて、里緒に頭を下げた。

「お気を遣わせてしまって、申し訳ございません」

「うちが纏め役なのですから、何かさせていただかなくてはと思いまして」

「これぐらいのことしかできませんが」

吾平が皿を回すと、皆、塩むすびを手に取り、味わった。

「ありがたいねえ。小腹が空いていたんだ」

お篠が言うと、ほかの者たちも頷く。よい塩梅《あんばい》の塩むすびは、瞬く間になくなった。


里緒と吾平が雪月花に戻ると、お竹が玄関口でお清めの塩をかけてくれた。

「お疲れさまでした」

「ありがとう。何か変わったことはなかった？」

「ありませんでしたよ。親分さんが目を光らせてくれていたのでね」

里緒と吾平が外に出ていたので、再び寅之助が助っ人にきてくれたのだ。里緒たちが帳場に行くと、寅之助も塩むすびを食べていた。

「おう、お帰り。どうだった」

「西村屋のご主人、綺麗な顔をしていたぜ。酷い殺され方をした割りにな」

「怪しそうな者はいなかったか」

「見当たらなかったわ。出席した人たち、殆ど顔見知りだったし」

お竹が口を挟んだ。

「妾らしき女は来ていなかったですか」

「ああ、いないようだった。まあ、立場上、来れる訳がねえよな。お内儀があのような状態なら、特に」

米粒のついた指を舐めながら、寅之助が眉根を寄せた。

「その妾のことで、半太の奴が何か気になることを摑んだようだぜ」

「いったい、どんなことかしら」

里緒が身を乗り出す。

「なんでも、その女を落籍す時に、西村屋とある男が争ったらしいんだ。で、どうも西村屋がその男を陥《おとしい》れるようなことをして、女を手に入れたそうだ」

「まあ、あのご主人がそんなことを」

里緒は目を剝く。吾平が腕を組んだ。

「争った相手ってのは、誰なんだろう」

「花川戸の錦絵通りにある、呉服問屋の主人だってよ」

里緒と吾平は顔を見合わせた。

「また錦絵通りが関わっているのね」

「そうなんですよ。たまたまなんでしょうけれど、なにやら嫌な感じです」

お竹が溜息をつく。里緒は顎にそっと指を当てた。

——三郎兵衛さんは、錦絵通りにお店を持っていて、周りの人たちと揉めることもあった。西村屋さんは、錦絵通りの呉服問屋のご主人とかつて揉めたことがあった。そしてお二人とも、このせせらぎ通りで殺められてしまった。……なにやら妙だわ。

考えを巡らせていると、幸作が熱々の雲片汁《うんぺんじる》を運んできた。大根、人参、蕪《かぶ》の皮をみじん切りにして胡麻油で炒め、だし汁を加えて味を調《ととの》え、水で溶いた片栗粉でとろみをつけたものだ。生姜《しょうが》の搾り汁も加えるので、風味豊かである。

雲片汁に目をやり、里緒は推測をいったん止《や》めて、顔をほころばせた。

「早速いただきます」

汁を啜って、ふう、と息をつく。滋養のある野菜の皮から溶け出た旨みが、胃《い》ノ腑《ふ》に滲み、躰中に広がっていくようだ。

「幸作さん、ありがとう。残って、作ってくれたのね」

「塩むすびだけじゃ、足りないと思いましたんで」

里緒に優しい目で見つめられ、幸作は照れる。吾平たちも雲片汁を味わった。

「夜に食べるにはちょうどいいな」

「そうだな。胃ノ腑にもたれることもねえ」

静かな帳場に、汁を啜る音が響く。椀を空《から》にすると、里緒は不意に言った。

「私、錦絵通りを見にいってみようかしら」

皆の目が、里緒に集まる。寅之助が楊枝を銜《くわ》えながら訊ねた。

「女将は、錦絵通りのことをあまりよくは知らねえんだろう。今まで行ったことはあるのかい」

「たぶん、何度も通り過ぎたことはあると思うの。花川戸町の、どの辺りだったかしら」

「広小路に近いほうですよ。寺が並んでいる側の」

お竹が教える。

「ああ、あちらのほうだったら、あまり詳しくないわ」

「錦絵通りって名をつけたのも、おそらくここ数年の間でしょう。前に聞いたことはなかったですよ、錦絵通りなんて通りは」

吾平が腕を組むと、幸作も首を捻った。

「確かに前は、なかったですよね。なんだか気になります」

「そうでしょう。だから私、ちょっと様子を見にいってみようと思うの。……風月香という旅籠のことも、少しは気になるし」

　里緒は大きな目を瞬かせる。吾平たちは顔を見合わせた。

「そりゃ、一度ぐらい見にいってもいいとは思いますがね。でも、もしかしたら、女将は錦絵通りの者たちには、顔が割れているかもしれませんよ」

「それはあるかもしれねえな。錦絵通りが、この通りを意識しているとしたらな。こちらは奴らのことをよく知らなくても、奴らはこちらのことをよく知っているってことは、大いにあり得る」

「そうならば、女将が錦絵通りをうろうろしていたりしたら、気づいた者に言いがかりをつけられるかもしれませんね。……ああ、女将、やはり探索などやめてください」

　お竹が声を荒らげると、吾平も厳しい顔をした。

「何かに巻き込まれたら、事ですからね。女将はあの通りには近づかないでください。なんなら、私が見てきますよ」

　幸作も口を挟む。

「少なくとも風月香はここを意識していると思うんで、女将は近寄らないほうがいいです。風月香の者たちは、女将の顔を絶対に知っていますよ。雪月花の女将は、浅草でも指折りの美人って言われているんですから」

「同じ浅草の旅籠の女将が、意識しない訳がねえよな」

寅之助が苦笑する。四人に止められるも、里緒は頑として言い張った。

「ならば御高祖《おこそ》頭巾を被《かぶ》って、見てくるわ」

吾平たちは溜息をついて、肩を落とした。

「女将は一度言い出したら、聞かないんですよね、昔から」

「頼むから危ないことはなさらないでください。頭巾を被っていたって、分かる人には分かるんですよ」

「大丈夫よ。しっかり姿を変えていくから」

「姿を変え過ぎて奇妙な雰囲気になって、いっそう目を引いてしまうってこともありますよ。女将、悪いことは言いません。やめておいたほうがいいです」

幸作も必死で引き留める。それでも里緒はぶつぶつ言うので、ついに吾平が怒った。

「女将、絶対にここから出しませんからね。お竹、お前も女将をしっかり見張れよ」

「はい。抜け出しませんよう、縄で縛っておきましょうか」

「俺も見張ってます」

三人に睨まれ、里緒は膨れっ面《つら》で唇を尖らせる。

「でも」

「でも、じゃありません。親分からも、びしっと言ってくださいよ」

だが寅之助は耳を掻いて、気の抜けた声を出した。

「まあ、いいんじゃねえか。頭巾を被っていくなら、大丈夫なような気がするぜ。女将はどうしても錦絵通りを見てみたいんだろう。もう子供じゃねえんだ。お前ら、女将の好きにさせてやりな」

里緒は寅之助に擦り寄った。

「さすが親分さんだわ。話を分かってくださるのね」

「赤ん坊の時から見てるんだから、女将の性分は百も承知よ。一度決めたら、梃子《てこ》でも動かねえ。見張られてたって、あの手この手で抜け出してくわな」

「もう、親分さんったら！」

睦《むつ》まじい里緒と寅之助を、吾平たちは憮然《ぶぜん》とした面持ちで眺めていた。

寅之助のお墨付きをもらったので、里緒は次の日早速、花川戸町の錦絵通りへと向かった。紺色の小紋に、葡萄茶《えびちゃ》色の帯を結び、御高祖頭巾を被って、急ぎ足で歩いていく。

すると、純太《じゅんた》にばったり出会った。せせらぎ通りの蠟燭《ろうそく》問屋の丁稚《でっち》で、齢十三の子だ。純太はあどけなさの残る顔に笑みを浮かべ、里緒に挨拶した。

「女将さん、こんにちは」

「こんにちは。……あら、私だって分かる？」

純太はさらに顔をほころばせた。

「はい、もちろん。目を隠していらっしゃっても、分かると思います。女将さんなら」

「そう……ありがとう」

里緒は喜んでいいのか複雑な思いだったが、頭巾の下で微笑んだ。

「寒くなってきたから、風邪を引かないよう、気をつけてね」

「はい。女将さんもお気をつけください」

純太は丁寧に礼をする。里緒も礼を返し、再び歩を進めた。

山之宿町を出て、花川戸町へと入る。花川戸町は、隅田川側と浅草寺領の二つに分かれている。里緒は、錦絵通りがある浅草寺領の方へと向かった。

勘働きの鋭い里緒だが、雪月花を出た時から、盛田屋の若い衆の順二《じゅんじ》に尾《つ》けられていることには、まったく気づいていなかった。

順二は齢十九、寅之助の手下になって一年足らずだが、よい働きを見せている。足が速くてとにかく喧嘩《けんか》が強いので、里緒にもしものことがあったら力になれるだろうと見込まれ、寅之助が尾けさせたのだった。

昨夜、寅之助が里緒の肩を持ったのは、端《はな》から用心棒をつけるつもりだったからだ。今回は寅之助が一枚上手だったという訳だが、里緒は錦絵通りを探索することで頭がいっぱいで、ちっとも気づいていなかった。

訊ねながら歩くと、錦絵通りはすぐに分かった。思っていた以上に広く、賑わっていて、里緒は目を瞠《みは》った。

青空の下で、各店の看板が輝いている。人通りが絶えず、大八車もよく通っていく。並んでいる店は確かにせせらぎ通りに似ているものの、賑わいはそれ以上だ。

――これほど人が多いのなら、頭巾を被っていなくても、別に分からないわよね。

だが、用心のため、一応被ったままでいる。里緒はまず、三郎兵衛が営んでいた煮売り屋を探した。煮売り屋は間口四間《けん》（約七・三メートル）ほどの広さだったが、休んでいた。

――店を仕舞ってしまうかもしれないわね。……お惣菜、味わってみたかったのに。

残念な思いで、里緒は店の前を離れた。次には、西村屋とかつて一悶着《ひともんちゃく》あったという、呉服問屋〈喜島屋〉を探す。喜島屋は間口八間（約一四・六メートル）ほどの立派な構えで、里緒は目を瞬かせた。

――ここのご主人と張り合ったのなら、狡《ずる》いことでもしない限り、勝ち目はなかったのでしょうね。

中を覗《のぞ》くと、華やかな着物を纏《まと》った女人たちが嬉々《きき》として反物《たんもの》を選んでいる。大店《おおだな》の内儀や、武家の娘らしき者もいた。

――西村屋さんの嫌がらせにも負けず、商いを持ち直したってことね。

様子を窺っていると、主人と思われる男が現れた。番頭が頻《しき》りに頭を下げているので、間違いないだろう。喜島屋の主人は、亡くなった西村屋啓蔵より、十ぐらい若く見えた。貫禄はあるが、爽やかさをも漂わせている。

――なるほど。あのような男《ひと》が恋敵《こいがたき》だったから、西村屋さんはよけいに意地悪をしたのかもしれないわね。嫌がらせをされた時は悔しかったかもしれないけれど……でも、今はどうかしら。ご主人の顔つきや雰囲気からは、恨みを抱き続けていたようには見えないわ。案外、元芸者さんとの一件は、ご主人の中ではもう片がついていたのでは？　それとも、心の奥底では、ずっと根に持っていたのかしら。

外見だけでは人は分からぬものだと、里緒も知っている。考えを巡らせつつ、里緒は喜島屋を離れた。

そのすぐ近くに、旅籠の風月香はあった。雪月花よりも大きく、豪華な造りなのは確かだ。風月香のちょうど前に甘味屋があったので、里緒はそこに入って、様子を窺うことにした。

里緒は床几《しょうぎ》に腰かけ、汁粉《しるこ》を注文した。少し経って女中がそれを運んでくると、里緒は頭巾をそっとずらして味わった。甘い汁粉が喉を通ると、秘めた緊張もほぐれるようだ。

少しして、風月香の格子戸ががらがらと開き、仲居たちに囲まれて客が出てきた。発つ客の見送りだろう。里緒は匙《さじ》を持つ手を止め、仲居たちを眺めた。

――隼人様が仰っていたとおりね。皆、派手なお化粧をしているわ。衣紋も大きく抜いて、背中まで白粉《おしろい》を塗っている。……まさか仲居たちに、お客を取らせるようなことは、していないわよね。

ふと疑いが頭を擡《もた》げる。

仲居たちは嬌声《きょうせい》を上げて、お客の躰にべたべたと触れていた。

「またいらしてねえ」

そのような猫撫で声が、聞こえてくる。里緒が目を凝らして見ていると、番頭らしき男も中から出てきて、それに続いて、翡翠《ひすい》色の艶やかな着物を纏った女が現れた。

——あれが女将かしら。

里緒は思わず目を奪われた。歳は確かに四十ぐらいだろうが、豊満な魅力に溢《あふ》れている。豊満といっても肥《ふと》っている訳ではなく、風月香の女将は堂々と、熟れた女の色香を匂い立たせていた。

仲居たちは直ちに身をよけ、女将が皆の前に立った。そして艶《つや》やかな声を大きく響かせた。

「葛城《かつらぎ》屋様、まことにありがとうございました。またのお越しを、一同、心よりお待ちしております」

女将が客に向かって頭を深々と下げると、番頭と仲居たちも「ありがとうございました」と声を揃え、深く辞儀をした。客は満面の笑みで頷いている。

「いやいや、こちらこそいつもありがとう。また必ずくるよ」

客は手を振り、去っていく。笑顔で見送る女将の後ろで、仲居たちは手を振り続ける。客の姿が見えなくなったところで、一同は旅籠に入っていった。番頭、仲居たちと続き、女将は入口の前で不意に振り返った。

女将と目が合い、里緒は思わず身を硬くした。目を逸《そ》らそうとしたところで、女将が里緒に微笑みかけた。

女将は会釈をして、中に入っていく。

格子戸が閉められるまで、里緒は目を離せなかった。微笑まれたのに、どうしてか、蛇に睨まれた蛙のような心持ちだった。額に手を当てると、微かに冷や汗が滲んでいた。

――どうして私に微笑みかけて、会釈をしたのかしら。たまたま、よね。目が合ったから、そうしたまでよね。……それとも、まさか私に気づいていたというのかしら。

後者であればなにやら恐ろしく、里緒は手を震わせる。

——早く立ち去ったほうがいいわ。

里緒は勘定を済ませて甘味屋を出ると、急ぎ足で錦絵通りを抜けていった。

何事もなく無事雪月花へと戻ったが、里緒は風月香の女将のことが頭から離れなかった。

帳場で一息つく里緒に、吾平とお竹が話しかけた。

「錦絵通りは如何《いかが》でしたか」

「ええ……なかなか賑やかで、並んでいるお店も繁盛していたわよ」

吾平は里緒の顔色を窺いながら、訊ねた。

「女将、お疲れのようですね。何かありましたか」

吾平とお竹が、心配そうに里緒を見つめる。里緒は少し躊躇いながらも、風月香とその女将の様子を話した。二人は黙って聞き、顔を顰めた。

「そういう旅籠なんですか。陰でどんな商いをしているか、分かったものではありませんな」

「でも、もし色を売ったりしているとして、許しもなくそのようなことをすれば、捕まるんじゃありませんか」

「山川の旦那、囮《おとり》でも使って、踏み込んでくれねえかな」

里緒は苦い笑みを浮かべた。

「あの女将さんなら、巧く言い逃れしてしまいそうよ。隼人様も、負けてはいないでしょうが」

「それほど遣《や》り手《て》に見えましたか」

「ええ。なんだか自分が、幼く思えてしまったもの。……女将なんて呼ばれて、周りに守り立ててもらっているけれど、私なんて、まだまだね。この先、ちゃんとここを守っていけるかしら」

里緒は帳場を見回す。吾平とお竹は目と目を見交わし、溜息をついた。

「やはり、わざわざ見にいくことはなかったですな。私たちの言うことを聞けばよかったんですよ」

「あちらはあちら、うちはうちですもの。女将は立派に務めていらっしゃいますよ。自信持ってください」

里緒は弱々しく頷いた。

「そうね。……私は私なりに、女将を務めていくしかないわね。でも、錦絵通りを見にいって、よかったとは思うの。煮売り屋や呉服問屋の様子も窺えたし」

里緒は知り得たことはすべて、吾平とお竹に話した。

「なるほど。では、もしや煮売り屋は店を仕舞って、その仕舞屋を風月香が買い取るということもあり得ますな」

「そうかもしれないわね」

「旅籠なら、そこを仮宿《かりやど》にしたいのかもしれませんね。お客様が多い時に使えるように」

「そうね。仮宿にできるぐらいの広さはあったわ」

「呉服問屋は、山川の旦那も、半太と亀吉に探らせてみると仰ってましたよ」

「やはり疑われてはいるのね」

「西村屋の一件は、大方、強盗の仕業で間違いはないようですがね。店に置いてあった金目のものがいろいろ盗まれていたといいますし。それでも、疑わしき者は、一応は探ってみるってことでしょう」

「早く下手人が捕まるといいわね」

里緒は冷えた手を、火鉢へとかざした。

三

西村屋啓蔵の初七日が済むと、せせらぎ通りの者たちは、雪月花に集まった。通りの治安を守るべく、一度相談をしようということになったのだ。

めっきり寒くなってきた頃、囲炉裏に火を熾《おこ》して暖を取りながら、話し合いは進められた。

「山川の旦那も言っていたが、自分たちで下手《へた》に見廻りなどをすると事件に巻き込まれることもあり得るから、それはやめておいたほうがよいだろう。結局は戸締りを厳重にするしかないようだ」

「でも戸締りしたって、相手が手練《てだ》れの盗賊ならば、容易《たやす》く打ち破って、押し込んでくるぜ。西村屋さんだってそうだったんだろう」

「ねえ、戸を打ち破る音や錠を壊す音って、本当に聞こえなかったの」

春乃屋の女房のお篠が、西村屋の両隣の、やいと屋と薪炭問屋の主人に訊ねる。やいと屋の主人は頭を掻いた。

「すまねえ。その刻、俺、遊びにいっちまってて留守してたんだ」

やいと屋はなかなかの二枚目で気楽な独り身なので、よく遊び回っていることは、せせらぎ通りの誰もが知っている。

「私は家族と家にいましたが、その刻にはもう寝てしまっていて、気づきませんでした。あれだけのことをしたならば、物音や叫び声が響いて当然だったのでしょうが、本当に聞こえなかったのです」

薪炭問屋の主人が答える。その言葉には嘘はないように思えた。吾平が口を挟んだ。

「山川の旦那は、盗みと殺しのやり方を、こう察しているようだ。店を仕舞った後で、何人かで押しかけ、その中の一人が裏口から訪ねていく。出てきた下男に、下手に申し出る。どうしても今日中にお願いしたいから見ていただけませんかと高価な代物《しろもの》を差し出す。下男が油断した隙に、全員で速やかに押し入り、まずは下男を殺し、主人を脅かしながら車簞笥《くるまたんす》の錠を開けさせ、高価なものを盗み取り、主人も始末して逃げていった、と。これならば、それほど大きな音を立てずに、やり遂げられただろう」

皆が納得する中、八百屋の主人がおずおずと言った。八百屋は、やいと屋のそのまた隣にある。

「実は私たちは、叫び声のようなものを聞いたんです。もしやと思いつつも……恐ろしくて、出ていけませんでした。あの時、勇気を出して木戸番へ走っていたらと、後悔しています」

吾平が訊ねた。

「そのことは、旦那には話したんですか」

「はい。お話ししました」

筆屋の主人も打ち明けた。

「私と女房も、聞いたような気がしたんです。でも、やはり恐ろしくてね。その前に、角の草むらで殺しがありましたでしょう。それで、よけいに怖くて、出ていけなかったんですよ。不甲斐《ふがい》ないです」

「それは当然だと思います。ご自分をお責めにならないでください。誰だって、恐怖を感じれば、足が竦んでしまいますもの」

里緒が考えを述べたところで、お栄とお初が、料理を運んできた。

銘々膳には、湯気の立つ蕎麦《そば》、小松菜の白和《しらあ》え、大根おろしが並んでいる。蕎麦の上には、牛蒡と人参の掻《か》き揚《あ》げが載っていた。

お篠は息をついた。

「悪いねえ、里緒ちゃん。いつもご馳走になっちゃって」

「お気になさらず。皆さん、どうぞ召し上がってくださいね」

「すみません。いただきます」

一同、恐縮しつつも、雪月花の料理を味わい、顔をほころばせる。食べながら、話し合いを続けた。

「もし今後、また何か異様な物音や叫び声などが聞こえたら、どのようにしましょうか」

里緒が皆に意見を聞くと、纏め役補佐の経師屋の茂市が意見を出した。

「二階の窓を開けて、何かを打ち鳴らすというのは如何《いかが》でしょう。通りに響き渡るような、鉦《かね》や太鼓を」

「ああ、それはいいかもしれんな」

蠟燭問屋の主人が声を上げる。小間物屋の女房のお蔦が続いた。

「そうしましょうよ。うちの主人、お祭でよく太鼓を叩いていたから、鳴らすの得意よ」

「うちにも鉦があるから、思い切り響かせるよ」

お篠もやる気になっている。里緒は皆に微笑んだ。

「もし鉦や太鼓をお持ちでない方は、仰ってください。皆さんから集めたお金から、その分をお渡ししますので。それでご用意くださいね」

するとやいと屋が頭《かぶり》を振った。

「いやいや、それぐらいは自分たちで用意するよ。女将さん、そこまではお気遣いなく」

「いくら纏め役といったって、里緒ちゃんたちに甘えてばかりじゃ、こちらだって申し訳が立たないよ」

お篠が続けると、皆、笑顔で頷く。里緒は胸が温もった。

「では、皆様。それぞれご用意いただけましたら、ありがたいです。よろしくお願いします」

里緒が丁寧に頭を下げると、吾平が続けた。

「鉦や太鼓を鳴らしながら叫んでくれれば、うちが木戸番に報せに走りますよ」

経師屋の茂市が口を挟んだ。

「異変に気づいたら、うちも走ります。うちも、纏め役補佐ですからね」

「心強いですよ。力添えし合って、この通りを守っていきましょう」

吾平と茂市は手を握り合う。

「よろしくお願いします」

一同は食べる手を休めて、二人に礼をした。

食事が済み、お茶が運ばれてくる。里緒は気懸かりなことを訊ねてみた。

「ところで、西村屋さんはどうなるのでしょう」

「この通りの店は、番頭が継ぐことになったみたいだよ。息子さんは日本橋の店があるからね。お内儀は、息子夫婦が引き取ることになったそうだ」

「それはよかった」

里緒は胸に手を当てた。お内儀のお克のことを心配していたのだ。お蔦が口を挟んだ。

「病は気からっていうものね。息子さんと一緒に暮らせば、お内儀さん、躰もよくなるんじゃないかしら。お嫁さんもよさそうな人だし」

「元気になってほしいね」

お篠の言葉に、一同、しみじみと頷く。酒屋の主人がぽつりと言った。

「妾のほうは、どうなるんだろう」

「一からやり直しじゃないの？　家を買ってもらったのなら、住み続けることはできるだろうけれどさ。借りてもらっていたんだったら、出ていかなきゃならないでしょ。自分で家賃を払えないならね」

お篠は息をつき、お茶を啜る。お蔦は眉を吊り上げた。

「お内儀さんの具合を悪くさせた女ですものね。痛い目に遭ってほしいわよ」

「いやいや、そういう女に限って、すぐにまた別の男を引っかけて、巧く世の中渡っていくもんなんだよ。憎まれ女、なんとやらでね」

口を滑らせるやいと屋を、お篠とお蔦が睨みつける。里緒は苦い笑みを浮かべた。


里緒が通りの人々と和んでいる頃、隼人は、日暮里《にっぽり》に住む母親のもとを訪れていた。

日暮里はかつて新堀《にっぽり》村という地名だった。それがなぜ日暮里になったかといえば、桜や躑躅《つつじ》や紅葉などの草花が美しく、「一日中過ごしても飽きない里」の意味で、「日暮しの里」と呼ばれたことに由来する。

隼人の両親は、家督《かとく》を譲った後は隠居し、日暮里の百姓から譲り受けた一軒家でのんびり暮らしていた。四年前に父親の隼一郎《じゅんいちろう》が亡くなった時に、隼人は母親の志保《しほ》に戻ってくるよう告げたのだが、志保は気丈に答えた。

まだまだ元気だから、足腰がしっかりしているうちはあちらで過ごさせてくれ、と。

志保は広い一軒家と、日暮里の風景をいたく気に入っており、八丁堀《はっちょうぼり》の役宅へ戻る気はさらさらないようだった。

三年前に隼人の妻だった織江《おりえ》が亡くなった時にも、隼人は志保に再び訊ねた。そろそろ一緒に暮らしたほうがいいのでは、と。だが志保の答えは、こうだった。

――もう暫くは日暮しの里で、畑で野菜を作ったり、犬や猫や鶏たちの世話をしながら、暮らしていたいのです。

志保は、妻を喪《うしな》った隼人に、静かに自分を見つめる時間を与えたかったのだろう。隼人も、志保の思いに薄々気づいていた。

それゆえ隼人は、母親を気に懸けながらも、その気持ちを汲《く》んで、好きなようにさせていた。

とはいえ、志保は一月に一度は必ず隼人の顔を見に八丁堀にきて、その時は役宅に泊まっていく。隼人も半月に一度は、こうして日暮里の一軒家を訪ねて、志保の様子を窺っていた。

この適度に距離のある母子の関係が、功を奏しているのか、還暦を迎えたというのに志保は若々しく健やかだった。

仕事帰りに訪れた隼人に、志保は夕餉を食べていってほしいと願った。隼人も久しぶりに母親の手料理を味わいたくなり、従うことにした。

囲炉裏の切ってある居間で志保と向かい合い、隼人は舌鼓を打った。里芋と蒟《こん》蒻《にやく》の甘辛煮は、隼人の大好物だ。小口切りにした唐辛子が、なんとも利いている。

「うむ。母上が作る煮物は、やはり旨い」

ひたすら頬張る息子を眺めながら、志保は問いかけた。

「お熊のほかに、お前に煮物を作ってくれる女《ひと》はいないのですか」

「今のところは」

「清香《さやか》さんはお料理上手と聞きましたが」

「そういう仲ではありませんよ」

清香は隼人の幼馴染《おさななじみ》で、臨時廻り同心の原嶋清弘《はらしまさやひろ》の娘である。齢二十七の清香は一度嫁いだものの離縁となり、今は楓川《もみじがわ》沿いの佐内町《さないちよう》で手習い所を開いている。子供たちに人気の女師匠だ。

志保はお茶を啜りながら、隼人を見やった。

「清香さんは、お前のことを気に懸けてくれているそうではありませんか」

「小さい頃から、互いを知っていますからね。兄妹みたいなものですよ」

「なるほど。でも……どうしてあのように綺麗な女人が、お前みたいな三枚目の男を好きになったりするのでしょう。いったい、お前のどこがいいのでしょうか」

辛辣《しんらつ》な物言いに、隼人は思わず蒟蒻が喉に痞《つか》えそうになる。志保は案外、歯に衣《きぬ》着せぬ言い方をするのだ。ちなみに志保も女としては大柄で、薪も自ら割ったりするので、肩の辺りなど逞《たくま》しい。亡父も、御徒衆《おかちしゅう》に嫁いだ姉の志津《しづ》も大柄なので、隼人が大きいのは血筋であろう。

「母上、言葉が過ぎますよ」

「だって、本当にそう思うのですもの。お前は顔がよい訳でもなくて、躰も雪達《だる》磨《ま》みたいで、頭もよいとは言えないでしょう。鈍感なところがありますからね」

隼人は溜息をついた。

「私には何の取り柄もないような言い方ですな」

「まあ、お前の取り柄を強《し》いて挙げるなら、よく食べるというほかは、思いやりがあるところでしょうか。恐らくそこに清香さんも惹《ひ》かれているのでは。隼人、悪いことは言いません。お前みたいな男を好いてくれる奇特な女人を、もっと大切になさい」

「はい。心に留《とど》めておきます」

気のない返事をして、隼人は里芋を頬張り、噛み締めた。

志保ははっきりと口に出さなかったが、言わんとすることは、隼人にも分かった。織江が亡くなって三年が経つので、そろそろ新しい相手を見つけてほしいのだろう。

織江は物静かで、隼人の話にいつも笑顔で頷いているような、心優しい妻だった。そのような織江を、隼人は真に好いていた。しかし、病死ならばまだしも、織江が何者かに殺められてしまったことが、隼人の心に大きな傷を作った。

織江を殺めた者は一年ほど前に捕まえることができたし、殺められた経緯《いきさつ》も分かって、隼人の傷も少しずつ癒《い》えてきてはいるが、完治したという訳ではない。隼人の心には、未だに亡き妻の面影が残っている。織江との思い出は、恐らく隼人の胸の中で、一生、消えることはないだろう。

黙々と食べる隼人に、志保は再び訊いた。

「それとも……ほかに誰か気になる女人がいるのですか」

隼人の手がふと止まった。何も答えぬ息子を見つめ、志保は姿勢を正した。

「お前が好いた女人ならば、私は何も言いません。早くその女人に煮物を作ってもらえるよう、祈っています」

隼人は小さく頷き、またも里芋を頬張る。囲炉裏の薪は熾火《おきび》になっていた。


八つに新しい客を迎え入れると、里緒は少し経って菓子を運んだ。西村屋の初七日も済んだので、里緒は紅葉を思わせるような朱色の着物を纏っていた。

「栗羊羹《くりようかん》でございます。お召し上がりください」

深緑色の皿に載せられた、大きな栗の入ったそれを眺め、客の曾根《そね》屋佐平治《さへいじ》は目を細めた。

「いい色合いだ。菓子といい、女将といい、ここに来ると目の保養になる」

「まあ。ありがとうございます」

里緒は嫋やかに微笑んだ。

佐平治は齢五十二。下総は野田《のだ》で醬油を造っており、取引先と来年の打ち合わせをするために、毎年この時季に江戸を訪れる。雪月花を贔屓《ひいき》にしてくれる客の一人だ。

風が冷たいので、佐平治は窓を小さく開けて、浅草寺の紅葉を楽しんでいた。

栗羊羹をゆっくりと味わいながら、佐平治は訊ねた。

「これは、幸作が作ったのかい」

「さようでございます」

「腕を上げたな。今日の夕餉も楽しみだ」

「寒くなって参りましたので、お鍋を用意させていただきますね」

「それはいいな。どんな鍋だい」

「鮭の酒粕《さけかす》鍋でございます」

佐平治は顔をほころばせた。

「ますます楽しみだ。私の大好物だよ」

「はい。覚えておりました」

二人は微笑み合う。佐平治は羊羹を食べ終え、お茶を啜りながら、紅葉の彩りに目をやった。

「今回は、ここに泊まっている間に、どうしても食べてみたいものがあるんだよ」

「どのようなものでしょう」

ね」

里緒は姿勢を正す。

「牡丹鍋《ぼたん》だ。紅葉を眺めながら、牡丹を味わうというのも乙《おつ》ではないかと思ってね」

牡丹鍋とは、即《すなわ》ち猪肉《ししにく》を用いた鍋料理だ。猪肉が牡丹の色合いに似ていることから、そう呼ばれる。今の時季は猪肉の旬でもある。里緒は笑顔で頷いた。

「それは風流でございますね。では曾根屋様がお泊まりになられている間に、必ずご用意させていただきます」

「嬉しいねえ。よろしく頼んだよ。牡丹鍋、一度食べてみたかったんだ」

「お召し上がりになったことはないのですね」

「そうなんだよ。……いや、近々、琉球《りゅうきゅう》王国から使節《しせつ》がやってくるっていうだろう」

「ああ、そのようですね」

「琉球の話を聞いて、急に猪肉を食べてみたくなったんだ。あちらでは、豚肉を食べるというのでね。猪肉ならば似てるんじゃないかと思ったんだよ」

「まあ、そうなのですね」

豚肉を食べると聞き、里緒は目を瞬かせた。

琉球王国は、今から三七七年前の一四二九年頃、三島が統一されて創られた国である。独立しているが、一六〇九年に薩摩《さつま》藩の侵攻を受けてからは、薩摩藩と清《しん》国の両方の支配下に置かれるようになった。日本と清国の影響を受けつつ、南《なん》蛮《ばん》とも交易をして、独特な文化が栄えている。

琉球使節は江戸上りとも呼ばれ、薩摩藩の侵攻後の寛永《かんえい》十一年（一六三四）から行われるようになった。これらには、謝恩使《しゃおんし》と呼ばれるものと、慶賀使《けいがし》と呼ばれるものがあり、前者は琉球国王即位の際に派遣され、後者は幕府将軍代替わりの際に派遣された。今年江戸を訪れるのは、謝恩使である。

「豚肉を食べるのは、清国や南蛮の影響なのでしょうか」

「そうなのではないかな。とにかく琉球には、豚の料理がわんさかあるようだ」

「どのようなお料理なのでしょう。興味があります」

「耳から足まで食べ尽くしてしまうそうだよ。啼き声以外はすべて食べるんだと」

「まあ、凄《すご》い」

里緒は目を丸くする。佐平治は火鉢に手をかざし、煙草《たばこ》盆を寄せて一服した。

「どうも薩摩の人々も、こっそり豚肉を食べているらしいな」

「よほど美味しいのでしょうね」

佐平治は煙管《キセル》を吹かし、頷いた。

「江戸ではさすがに豚は食えないから、猪の煮込み料理みたいなものも食べたいね。琉球には、豚のあばらを野菜と一緒に鰹出汁《かつおだし》で煮込んだ料理があるそうだ。豚の代わりに猪を使った、そういう料理を味わってみたいねえ」

「かしこまりました。牡丹ばら肉の煮込みも、ご用意させていただきます」

「お願いするよ。牡丹三昧《ざんまい》か。これは楽しみだ」

佐平治は唇を舐め、笑みを浮かべた。


里緒は板場に行き、佐平治に頼まれたことを幸作に告げた。

「猪肉の料理っすか。うちでは、殆ど出したことありませんよね」

「そう言われてみれば、そうね。でも幸作さんなら上手に作れるわよ。曾根屋様、栗羊羹を召し上がって褒めてらしたわ。幸作さん、腕を上げた、って」

「そうっすか。素直に嬉しいです」

幸作は照れくさそうに微笑む。里緒は幸作に向かって、手を合わせた。

「美味しいお料理、期待しています」

「はい。任せてください」

里緒は幸作の肩にそっと触れ、板場を離れた。

それから裏庭を覗くと、お栄とお初が身を屈《かが》めて、小松菜の間引きをしていた。一月前頃に種を蒔《ま》いたのだが、小松菜は寒さに強いので、ぐんぐん伸びている。女たち四人で、この裏庭で仲よく花や野菜を育てているのだ。里緒は二人に声をかけた。

「お疲れさま。順調に育っているわね」

お栄とお初は振り返り、礼をした。

「はい。もう少しで、お料理に使えそうです」

「間引きが済みましたら、肥やしをあげておきますね」

肥やしは、油粕と、卵の殻《から》を粉にしたものを混ぜて作る。里緒も腰を屈めて、そっと葉を撫でた。

「丈夫ね。艶も張りもあるわ」

「鮮やかで、いい色ですよね」

「見るからに美味しそうです」

三人は微笑み合う。木漏れ日が降り注ぎ、空にはヒヨドリが飛んでいた。

次の日の朝、朝餉を食べ終えて片付けていると、玄関から聞き覚えのある声が響いた。里緒が出ていくと、春乃屋の女房のお篠が、苦い顔をして立っていた。

「ごめんね。朝早くに」

「ううん、大丈夫です。どうしました」

「それがさ、ちょっと嫌なことが起きちゃったんだ」

「どのようなことですか」

「田万里《たまり》屋さんの店の前に、変なことが書かれていたんだよ。地面に棒か枝のようなもので、大きく、くっきりとね」

里緒は目を瞬かせる。田万里屋は酒屋である。お篠は声を潜めた。

「せせらぎ通りは呪われている、って」

「ええっ」

里緒は息を呑んだ。通りから人の声が聞こえてくる。騒ぎになっているようだ。急いで表に出ると、田万里屋の前に人集《ひとだか》りができていた。里緒もお篠と一緒に駆けつける。

地面に書かれた文字は、思ったよりも大きくて、里緒は驚いた。田万里屋の主人と手代が、地面を均《なら》しながら懸命に消している。

それを眺めている者たちは、通りの人々だけではない。明らかに野次馬もいた。

——おかしな噂となって、流れなければいいけれど。

不安が込み上げてきて、里緒は胸元を押さえる。田万里屋の主人は、皆に頭を下げた。

「ご迷惑おかけして、すみません。ちゃんと消しますので」

やいと屋が眠そうな目を擦りながら、叫んだ。

「別に田万里屋さんが悪い訳じゃねえだろ。書いた奴が悪いんだ」

「こんなこと、誰がやったのでしょう。分かったら、ぶん殴ってやりますよ」

経師屋の主人の茂市が息巻く。通りの人々は皆、怒っていた。

「夜の間に書いたのかな。いや、そうすると、この通りの誰かってことになっちまう」

「それはねえだろ。よその者が、木戸が開いて早々に入り込んで書いたんだ。きっと」

木戸は四つに閉めて、夜明けに開ける。

「昨日はこんなこと書かれてなかったもんね」

「呪われている、なんて、縁起でもねえこと書きやがって」

通りの者は皆、顔を顰めている。不穏な空気を破るように、里緒が澄んだ声を響かせた。

「これは、悪戯《いたずら》にしては度を過ぎていて、私たちへの嫌がらせと思われます。各々の商いに差し障りが出るかもしれませんので、一度お役人様にご相談してみますね」

「よろしく頼みます」

「里緒ちゃん、お願いするね」

里緒は皆を落ち着かせるよう、気丈な態度を取ったが、心はざわめいていた。ほかの者たちも手伝って、気味の悪い文字は消し去った。

雪月花に戻ると、吾平とお竹が心配そうな面持ちで待っていた。

「なんだって言うんでしょうね。暇な奴がいたもんです」

「山川の旦那に言ったほうがいいですよね」

「そうね。お話ししてみましょう。……ここの通りに、何か恨みでもある人がいるのかしら」

里緒は美しい顔を曇らせた。

第三章　妖しい女将

一

せせらぎ通りへの嫌がらせがあった日の八つ半（午後三時）近く、隼人が雪月花を訪れた。

「お疲れさまでございます」

里緒は三つ指をついて恭《うやうや》しく隼人を迎え、自分の部屋へと通した。

嫌がらせについて、吾平が寅之助に話したところ、盛田屋の若い衆が半太と亀吉に伝えにいき、隼人の耳にも届いたようだ。隼人たちはこのところ、西村屋を殺めた下手人を追っており、怪しいと思われる盗賊たちも調べ上げていた。

「お忙しいところ申し訳ございません」

「いや、気にしねえでくれ。それにしても悪質だ」

「いったい誰の仕業なのでしょう」

里緒は溜息をつく。お竹がお茶を運んできた。差し出された湯呑みを眺め、隼人は笑みを浮かべた。

「柚子茶か。実によい香りだぜ」

「冬を感じますよね」

里緒の面持ちも和らぐ。

「ごゆっくり、どうぞ」

お竹は二人に微笑むと、速やかに下がった。

細切りにした柚子の皮と蜂蜜とお湯で作る柚子茶は、円《まろ》やかな甘味と仄《ほの》かな酸味が利いている。隼人は目を細めて味わった。

「この柚子茶があれば、風邪を引かなくて済むな」

「お客様にも人気なんですよ」

隼人は里緒を見つめた。

「この通りでなにやら揉め事が続いているが、客足が落ちているなんてことはねえだろう?」

「ええ、それほどでもありませんが……多少は違うかもしれません」

「泊まりにくる客が減っているのか」

「ご宿泊のお客様はまだそれほどでもありませんが、ご休憩で使われる方は、そういえば減っております。今日など一人もいらっしゃいません」

雪月花は八つから七つ半ぐらいまで、休憩で使う人々にも部屋を貸している。

隼人は眉根を寄せた。

「そうか。雪月花でさえ影響を受けているのなら、ほかの店も大なり小なりあるだろうな」

「今のところはこの程度で済んでおりますが、これ以上何か不吉なことが起きると、この通り一帯が寂《さび》れてしまうかもしれません」

里緒は顔を曇らせる。

「酒屋の前に嫌がらせを書いた奴に、心当たりはねえよな」

「今のところは……思い当たりません」

答えつつ、里緒の胸にもやもやとしたものが込み上げる。錦絵通り、そして風月香の女将が、脳裏に浮かんだ。あの、背筋が冷えるような妖《あや》しい眼差しが蘇《よみがえ》る。

「半太と亀吉に、交互でこの通りを見張らせることにするぜ。あの二人には、錦絵通りの呉服問屋を見張ってもらっていたんだが、こちらにも来させよう」

隼人の口から錦絵通りの名前が出たので、里緒はドキッとした。

「その呉服問屋さんって、かつて西村屋さんとお妾のことで揉めた方ですよね」

「そうだ。一応、探りを入れている」

「それで、何かお分かりになりましたか」

里緒は、探索にいった時に見た、呉服問屋の主人を思い出していた。ちなみに、隼人には探索のことは話していない。じゃじゃ馬と思われるのは嫌だし、勝手なことをするなと説教されるかもしれないからだ。里緒は隼人に、なるべくよい印象を与えておきたかった。

隼人は柚子茶の最後の一口を飲み干し、里緒に答えた。

「それがな。ある夜、店を仕舞った後で、呉服問屋の主人の宗右衛門が、こっそり家を抜け出したそうだ。その跡を、見張っていた半太が尾《つ》けていった。宗右衛門は日本橋の料理屋へ行って、離れの部屋に入った。するとそれから少しして、女が現れて、女も同じ部屋に入っていった。そしてその女ってのが、西村屋が囲っていたお染だったんだ。一刻《いっとき》（約二時間）以上経って、仲睦まじく二人で出てきたそうだ」

里緒は目を見開いた。

「ええっ。ではお染さんは、呉服問屋のご主人と切れていなかったのですか」

「どうなのだろうな。西村屋の妾をしながら、喜島屋とも隠れて関係を持っていたのか。それとも、西村屋が亡くなったから、喜島屋と縒《よ》りを戻したいのか。今、探っているところだが、恐らくは後者じゃねえかな。西村屋が殺された時、半太がお染の家に行って、怪しい者に心当たりはないか訊ねたところ、お染が口にしたのは喜島屋の名だった。西村屋が生きている頃から関係していたなら、わざわざ相手が疑わしいなどと言う訳がねえだろう」

「もしやお染さんは、半太さんに訊ねられたのがきっかけで、久しぶりに喜島屋さんのことを思い出したのかもしれませんね。そしてなにやら気に懸かり、自分でも調べてみたのでは。そうしたら、喜島屋さんはお仕事が順調で、お金も持っていることが分かって、なにやら惜しくなってしまったと。お染さんにしてみれば西村屋さんの後釜《あとがま》がほしい訳で、それで縒りを戻したくなったのではないでしょうか。喜島屋さんを呼び出したところ、相手のほうも乗ってきて、また仲よくなってしまったのでは」

「焼け木杭《ぼっくい》に火、ってことか。あるいは、喜島屋が強盗の仕業に見せかけて西村屋を消してから、お染に再び言い寄ったってこともあり得るかもしれねえな。お染はそれを薄々分かりつつ、喜島屋の誘いに乗ったと。贅沢《ぜいたく》はさせてくれるだろうからよ」

「ああ、それはあるかもしれませんね」

「西村屋は、お染にいろいろうるさかったらしい。なるべく家から出るな、ほかの男と話すな、などとな。男の悋気《りんき》、ってやつだ。お染が内心、西村屋のそういうところが鬱陶《うっとう》しかったのなら、今頃清々《せいせい》しているかもしれねえな」

里緒は眉根を寄せた。

「西村屋さん、なにやらお気の毒です」

「まあ、殺しに喜島屋やお染が絡んでるってのは、あくまで推測だがな。それにしても錦絵通りは臭う。角の草むらで殺された三郎兵衛も、あの通りに関わっていたしな」

「まさか……酒屋さんの前に不吉なことを書いたのも、錦絵通りの誰かなのでしょうか」

里緒は思わず口にしてしまう。

「里緒さん、気をつけてくれ。あの通りには、風月香がある。もしや、次の標的になるのは、ここ雪月花かもしれねえ」

里緒は息を呑み、目を瞬かせた。

「うちで何かが起きる、と」

「怖がらせてしまって、すまねえ。ここの誰かや客の誰かが狙われるってことではなくて、嫌がらせを受けるかもしれねえってことだ。店の前に何か書かれたりしてな。それを防ぐためにも、半太たちに見張らせる」

「お願いいたします」

里緒は深々と頭を下げた。

勤めの合間なので長居できず、話を終えると隼人は腰を上げた。里緒は玄関まで見送った。上がり框を下り、雪駄を履いたところで、隼人は振り返った。

「で、里緒さん。風月香って、実際に見てどう思った？　下品な商いをしているだろう」

里緒はきょとんとして、隼人を見つめる。隼人は笑った。

「いやいや、勘働きが鋭い里緒さんにも、可愛いところがあるんだな。……俺にバレてねえとでも思っているのかい、里緒さんが錦絵通りに様子を探りにいったことを」

里緒は目を皿にして、胸を手で押さえた。

「どっ、どうしてそれを」

「寅之助親分から聞いたんだ。里緒さん、ちっとも気づいていないみてえだな。あの時、里緒さんの跡を、盛田屋の若い衆がずっと尾けていたんだぜ。里緒さんの身に何か起きたら、飛びかかっていけるようにな」

隼人は笑いが止まらない。里緒は言葉を失ってしまった。すると帳場から吾平が顔を見せた。

「旦那、女将をあまり苛《いじ》めないでやってください。女将は、今の今まで、自分一人で立派に探索してきたと思い込んでいたんですから」

「里緒さんは、推測は得意でも、探索のほうはまだまだだな。悪いことは言わねえ、現場を探るのは、こっちに任せときな」

隼人に優しく睨まれ、里緒は項垂《うなだ》れた。

「はい。反省いたします。……盛田屋さんにまでご迷惑おかけしていたなんて」

「まあ、いいってことよ。今回は大目に見るぜ。里緒さんが錦絵通りを見ておきたかったって気持ちも、分かるからな。気にするな」

隼人は里緒に微笑み、雪月花を後にした。

隼人に命じられて、半太と亀吉が交互にせせらぎ通りを見張ることになり、里緒はひとまず安堵したが油断はできなかった。

——隼人様が仰っていたように、うちが狙われることはあり得るわ。この通りの纏め役でもあるし。

近所へのお使いはお初の役目だが、里緒は暫くお栄も付き添わせることにした。

「行って参ります」

二人は元気に声を揃え、表に出た。風は冷たくても、よく晴れている。お栄は大きく息を吸い込んだ。

「寒い時の空気って、美味しく感じるね」

「分かる。なんだか、澄んでいるの」

この通りで不穏なことが起きようが、若いお栄とお初は快活だ。白い息を吐きながら、二人並んで、飛び跳ねるように歩く。

八百屋に入って、大根と里芋、蓮根《れんこん》を買い込み、風呂敷に包んだ。

「いつもありがとうね。女将さんによろしく」

ぎた。

「はい。また来ます」

八百屋の女房に礼をし、二人は大きな風呂敷包みを手に、来た道を戻っていく。途中で、見張りをしている亀吉に気づき、二人は笑顔で会釈をした。亀吉は片目を瞑《つむ》って、返事をする。仕事の邪魔にならないよう、二人はおとなしく通り過ぎた。

雪月花に近づいたところで、お栄がぽつりと言った。

「人通りは、やっぱり少し減ってるみたいだね」

「うん。私も思った。どのお店もお客さんがあまりいないもの」

「うちも、休憩のお客様、減ったよね」

二人は息をつく。

「大丈夫。雪月花には、根強いお客様がいてくださるから」

お初は努めて明るい声を出した。

「そうだね。女将さんと私たち皆のおもてなしがあるもの。それを信じて、頑張ろう」

二人は頷き合う。そこへ、お圭《けい》という見知った娘が通りかかった。お圭は二人に微笑んだ。

「こんにちは」

「あ、こんにちは」

お栄とお初は少々緊張しながら、お圭に挨拶を返した。

お圭は齢十六、器量よしで評判の、この通りの筆屋〈津野屋《つの》〉の娘だ。親に可愛がられて育ったお圭は、いつもよい身なりをしている。今日も薄桃色の着物を纏い、帯と半襟は白花色で揃え、初々《ういうい》しい愛らしさに満ちている。まるで人形のようなお圭に、お栄とお初は思わず見惚れてしまった。

「女将さん、お元気ですか」

「はい。皆、元気です」

「なによりですね。よろしくお伝えくださいませ」

「はい。伝えます」

お圭は淑やかに一礼し、歩いていった。その艶やかな後姿を見つめながら、お初は息をついた。

「やっぱり違うな、武家屋敷から奉公のお誘いがかかるような娘さんは」

「しかもどこかの藩邸だっていうものね。凄いなあ」

お圭は先月の神田《かんだ》祭で、踊り屋台の上で踊りを披露して注目を浴びた。年頃の娘たちにとって、神田祭や山王祭《さんのう》などで踊れることは、憧れである。そこで注目されれば、よい縁談が舞い込むこともあるし、大奥《おおおく》や武家屋敷への奉公が叶うこともあるからだ。お圭も祭がきっかけで、声をかけられたのだった。

「年が明けてから奉公するみたいだね。もう決まっているんだって」

「今も五日に一度、中屋敷に奉公見習いに行ってるみたい」

「中屋敷があるのなら、大きな藩だね。今日はその帰りかな」

「今日は踊りかお琴のお稽古だったんじゃないかな。奉公見習いの帰りなら、もっと遅いんじゃない」

「それもそうだね。でも……こういうご時世、綺麗な娘が一人で歩くのも物騒だよね」

「奉公見習いの時は、津野屋さんの女中さんが、船着場まで迎えにいっているみたいだよ。駕籠《かご》で近くまで送ってもらえることもあるんだって。いいなあ、順調に出世なさってる」

お初は風呂敷を抱えて、身悶《みもだ》えした。

「ああ、私も一度でいいから、あんな素敵な着物を着てみたいなあ」

「おらも！」

声を上げてから、お栄は自分が着ているものに目をやり、付け加えた。

「まあ、でも、この黄八丈《きはちじょう》も好きだな」

「私も。動きやすいもんね。なにより丈夫だし」

袖を広げて眺めながら、お初も頷く。

「そうそう。綺麗な着物はなんだか肩が凝っちまいそうだもん。おらには、やっぱり、この黄八丈が似合ってるんだ」

「私もそう思うよ。私には、こっちのほうが、しっくりくるって。私がお圭さんみたいな着物を着ても、ちぐはぐになっちゃいそう」

「人それぞれ、合うものは違うってことだね」

「無理しないのが一番だ」

お栄とお初は微笑み合った。


雪月花に戻ると、二人はお圭に会ったことを里緒に伝えた。

「女将さんによろしくとのことです」

「そう。お圭さん、お元気だった？」

「はい、とても。相変わらずお美しかったです」

「なによりね。充実しているのね、きっと」

　里緒は顔をほころばせた。

　お圭が神田祭で踊ると決まった時、里緒は娘時代によく挿《さ》していた簪《かんざし》を、彼女に譲った。

　紅い珊瑚玉《さんごだま》と青緑色の孔雀石《くじゃくいし》で飾られた簪を、お圭はとても気に入り、里緒に何度も礼を言った。お圭はその簪を挿して祭で踊り、絶賛されたのだ。お圭の活躍を、里緒も喜んでいた。

二

　紅葉が盛りになってきて、名所への案内を頼む客も現れ始めた。

「品川《しながわ》の海晏寺《かいあんじ》に一度行ってみたいねえ」

　御殿山《ごてんやま》の桜と並んで、海晏寺は紅葉の名所として知られる。秋晴れの海を背にして映《は》える紅葉は、絶景と謳《うた》われた。

　なにやら物騒で吾平には旅籠にいてもらいたいので、そのような客の案内はお竹が務めることになったが、実際に案内したのは二組ほどだった。客足が緩やかに減っているからだ。

五つを過ぎて幸作が帰り、仕事が一段落すると、里緒たちは帳場で、お茶と一緒に紅葉の形の饅頭《まんじゅう》を味わった。春乃屋の女房のお篠が、差し入れてくれたのだ。ふっくらした皮の中に、餡子《あんこ》がたっぷりと詰まっている。里緒は一口食べるごとに、目を細めた。

吾平は頬張りながらも、大福帳《だいふくちょう》を眺めて厳しい顔をしていた。

「やはりこのところ売り上げに響いていますね。うちだけではなく、この通り全体の問題ですが」

「飛脚《ひきゃく》を使って、宿泊を取り消す旨《むね》の手紙を送ってくるお客様も、ちらほらいますものね。あれはいったい、どういったことなんでしょう。どこかでこの通りの噂を聞いて、なにやら縁起がよくなさそうだと、取り消してしまうんでしょうか。それとも単に、お客様のご都合が悪くなっただけのことなんですかね」

お竹が溜息をつく。里緒は姿勢を正した。

「お客様のご都合だと、信じましょう。深読みばかりしていたら、やっていけないわ」

「それもそうですね」

「私もそう思いたいんですが。……今日も十部屋の中で、埋まっているのは五部屋です。休憩で使うお客様は一人もいませんでした。里緒様が女将になられてから、このようなことは、これまでなかったですよ」

現実を思い知らされ、里緒はうつむいてしまう。

「確かに、そうね。……なにかおかしなことが起きているというのは分かるわ。このまま年の瀬を迎えるのは、避けたいところね。どうかその前に下手人が捕えられて、この通りの悪い噂が消えればいいのだけれど」

「この通りでこれ以上、物騒なことが起きないようにしませんとね」

三人で頷き合っていると、玄関の格子戸が開く音がして、亀吉の声が響いた。

「たいへんですぜ」

吾平が出ていく。急いで駆けてきたのだろう、冷える夜というのに、亀吉は息を荒らげて額に汗を滲ませていた。

「どうした」

「三人目が出やした。この通りの、筆屋の娘さんが殺されやした」

吾平の後ろで、里緒は両手で口を押さえた。お竹も言葉を失う。

吾平は亀吉の肩を揺さぶった。

「本当か？　本当にあの娘さんが殺されたのか」

騒ぎが聞こえて、お栄とお初も広間から出てきた。誰もが驚きのあまり、瞬きをすることも忘れている。亀吉は顔を顰めた。

「冗談で言う訳ありやせん。奉公見習いから戻ってくる途中で、背中を刺されたようです。吾妻橋の近くの、人目につかねえところで倒れていやした」

里緒の躰がふらりと揺れて、お竹が支えた。

「舟で戻ってきたのだろうか」

「そのようです。いつも船着場で待っている下女が、今日はなかなか戻ってこないのでおかしいと思っていたところ、騒ぎが聞こえてきたそうです。娘が死んでいる、と」

「誰かが下女より先にきて、待ち構えていたんだろうか。……なんてことだ、あんな若い娘さんが」

吾平が拳《こぶし》を握り締める。里緒は思わず泣き崩れた。

「どうして……どうしてお圭さんまで。これから……楽しみだったのに」

里緒から簪を受け取り、無邪気に喜んでいたお圭の顔が、瞼《まぶた》に浮かぶ。その簪を挿して神田祭で踊ったお圭は、まるで天女のようだと騒がれたものだ。

——絶対に下手人を許さない。

里緒は涙で頬を濡らし、唇を嚙み締める。お竹は里緒の細い背をさすった。

声が聞こえたのだろう、二階から客が二人、様子を見にきた。吾平が目配せすると、お栄とお初が笑顔を作って応じた。

「申し訳ございません。身内のことですので、何もご心配ございません。もう声を立てたりいたしませんので、どうぞごゆっくりお休みくださいませ」

「そうかい。ならば、いいけれど。……おい、女将、大丈夫かい」

階段の途中で止まった客が、里緒に声をかける。里緒は立ち上がり、階段の下にきて、客に深々と一礼した。

「お騒がせいたしました。お詫び申し上げます」

涙声ながら凛《りん》とした態度の里緒を、吾平たちは見守る。客は頭を搔いた。

「いいって。女将にそんなに謝られたら、こっちが畏《おそ》れ多いよ。ただ、何事だろうと思ってさ。いわゆる野次馬根性で、覗きにきちまったって訳だ。じゃあ、おやすみ」

客が部屋に戻っていくのを見届けると、里緒の躰から力が抜け、再び頽《くずお》れた。

「女将。さ、摑まって」

お竹とお栄が里緒を支えて立ち上がらせ、部屋へと連れていく。お初は急いで板場へ行き、水を用意して里緒に運んだ。

吾平は亀吉を帳場へ入れ、声を潜めて話した。

「殺《や》られたのは、やはり死体が見つかったところだろうな。吾妻橋の近くか」

「そうだと思いやす。薄暗くなってきた頃、こっそり近づいて、一瞬の隙に、ぐさっと刺したんでしょう」

この時季は、日が暮れるのも早い。

「吾妻橋のほうなら、花川戸町が近いな」

「そうです」

行灯の明かりの中、二人は目と目を見交わす。亀吉は続けた。

「家に帰ってくるには、花川戸を通らなければならないんで、下女がいつも迎えにいっていたといいやす。あちらは盛り場が多いですから」

吾平は顎を撫でた。

「お圭さんが奉公見習いに上がっていたのは、確か薩摩藩の中屋敷だよな。高輪《たかなわ》まで行っていたのか」

「そのようです。来年からは上屋敷に上がることになっていたそうで。上屋敷も近くの三田《みた》にありやす」

吾平は頭を振った。

「親は堪《たま》らねえだろうなあ。自慢の娘さんだったろうに。神田祭で踊って、大藩の上屋敷に奉公が決まって。それなのに、何の因果《いんが》でなあ」

「遺体を検《あらた》めてもらいやしたが、筆屋のご主人とお内儀さん、見てられませんでしたぜ。こっちまで辛くなっちまって」

亀吉も顔を顰める。通りから時折大きな声が聞こえるのは、少しずつ騒ぎが広まっているからだろう。

「いったい……この通り、どうしちまったんだろう」

吾平がぽつりと呟いた。

一月も経たないうちに、この通りの角の草むらで人が殺され、この通りの者が二人殺されたのだ。亀吉は何も返事をしなかったが、吾平と同じことを思っていたに違いなかった。

翌日の朝、隼人は亀吉を連れて、お圭の家へと赴《おもむ》いた。お圭の両親は酷く憔《しょう》悴《すい》していて、隼人は胸が痛んだ。

「お悔やみ申し上げる」

隼人が亀吉とともに恭《うやうや》しく礼をすると、二人も返した。お圭の遺体はまだ検められていて、家には戻っていない。

「このような時に申し訳ねえが、少し話を聞かせてほしい。お圭に、近頃変わったことはなかったか。男に付きまとわれていた、というような」

お圭の父親である圭吾郎《けいごろう》は、頭を振った。

「そのようなことはございません。娘は藩邸に奉公が決まっていたのです。変な虫がつかないよう、目を光らせておりましたから」

「いい仲の男はいたのかい」

すると母親のお重《しげ》が、涙を拭いつつも、はっきりと答えた。

「おりませんでした。私どもはお圭を、それは大切に育てていたのです。お圭は、真面目な娘でした。私たちの許しもなく、男と付き合うような真似を、あの子がするはずはございません」

お重は唇を震わせる。どうやらお圭は生粋《きっすい》の箱入り娘だったようだ。

「そうか……。ならば、色恋のもつれという線は消えたな」

「はい。それはございませんでしょう」

圭吾郎が重々しい声で相槌《あいづち》を打つ。

「お圭はこのところ、奉公見習いに上がっていたというが、そこでの愚痴などを言っていたことはなかったか。上の女中が厳しいとか、いびってくるとか」

「そのようなこともございませんでした。娘はいつも嬉々として帰ってきて、それは楽しそうでした。遣り甲斐を見出していたのでしょう」

「娘は、このようなことを言っておりました。……上の方がいろいろなことをしっかり教えてくださるから、ありがたい。私もあんなふうに、何でもできるお女中になりたい。正式に奉公できる日が待ち遠しい、って」

話しながらお重の目から涙が溢れ、突っ伏した。圭吾郎は膝の上で拳を握る。

「娘はあれほど楽しみにしていたのに……許せません。いったい、どこの誰が娘の命を」

隼人は息をつき、野太い声を響かせた。

「本当に許せねえな。絶対に捕まえてやるぜ」

圭吾郎とお重は涙で潤む目で隼人を見つめ、頷いた。

出されたお茶を一口啜り、隼人は続けた。

「お圭は先月、神田祭で踊ったそうだな。それで注目されて、奉公の声がかかったと聞いたが」

「はい。さようでございます」

「つまりは、大きな祭で踊るってことは、よい機会に恵まれやすいってことだよな。武家屋敷に奉公が決まったり、金持ちの男に見初められたりと」

「はい。神田祭や山王祭で踊りを披露することは、多くの娘たちの憧れでしょう。お圭も、踊ることが決まって、いたく喜んでおりました」

「誰もが踊れるって訳ではねえものな」

「仰るとおりです。限られた者しか、踊ることはできません」

「ならば、どうしても踊りたいと躍起になる者もいるよな」

それは、当の娘たちだけでなく、その親たちも同様だ。祭で注目されれば、女としての出世が叶うことが大いにあり得るので、どうにか娘を踊らせたいと血《ち》眼《まなこ》になる親は多かった。

神田祭で踊るのは町娘だが、その背後には、清元《きよもと》や常磐津《ときわず》、歌舞伎役者や踊りの家元を含めた関係者たちがついている。その者たちの機嫌を取ることも考えなければならない。

つまりは娘を祭で踊らせるには、相当な金子がかかるということだ。単に容姿が端麗だから、踊りが巧いからというだけで、選ばれる訳ではなかった。

金持ちならば金子の用意もできたが、借金をする者までいた。借金を返せずに逃げてしまった者、せっかく祭で踊らせた娘を遊廓《ゆうかく》に売らなければならなくなった者もいる。まことに愚かしい話だが、このような祭の裏事情を隼人はもちろん知っていた。

――華やかな祭の舞台の裏では、踊り手の座を巡って、いざこざが起きているに違いねえ。この夫婦だって、殊勝《しゅしょう》に見えるが、娘を踊らせるために相当金品を費やしただろうよ。

隼人はお茶をまた啜って、訊ねた。

「選ばれし娘しか踊れねえって訳だ。ならば、選ばれなくて涙を呑んだ娘は、数多《あまた》いたよな」

「沢山《たくさん》おりますでしょう」

圭吾郎は深い溜息をつく。隼人は圭吾郎とお重を見据えた。

「じゃあ、その中には、お圭を憎々しく思う者もいただろうな」

「さよう……かもしれません」

圭吾郎とお重は顔を見合わせる。隼人は身を乗り出した。

「心当たりはねえか。お主を妬《ねた》んでいたような娘と、その親に」

「は、はい。……お圭と同じ踊りのお師匠様についていた娘に、一人おります。その娘もどうしても祭で踊りたいようでした」

「うちのお圭と最後まで争ったみたいで。その娘さん、気が強くて。お圭と同じ歳で、踊りを習い始めたのも同じ頃だったので、相当、悔しかったのではないでしょうか」

「どこの、なんて娘だい」

「隣の花川戸町の、櫛問屋〈尾張屋《おわりや》〉のお光《みつ》という娘です」

隼人は顎を撫でた。

「櫛問屋の尾張屋か……」

するとと亀吉がそっと耳打ちした。

「尾張屋は、錦絵通りにありやすぜ」

隼人は思い出した。錦絵通りを探索した時に、確かに見かけた。

——また、あの通りが関わってくるっていうのか。

隼人は眉根を寄せて、腕を組んだ。

「その尾張屋のお光が、お圭に何か嫌がらせをしたことはあったか」

「お圭ははっきり言いませんでしたが、陰口を叩かれているようなことはあったと思います」

「あちらの親御さんも、なにやら激しい性分で。お圭が踊り手に決まった後、道でばったり出くわしたら、睨んできました」

「うむ。まあ、答え難いだろうが、はっきり訊くぜ。お圭に決まったのは、何が決め手だったんだろうな。……やはり、師匠や家元へ渡した金品の差かい」

隼人に見据えられ、圭吾郎とお重は口を噤んでしまった。二人は暫くうつむいていたが、圭吾郎がようやく掠れた声を出した。

「それも多少はあるでしょうが……選ばれたのはお圭の実力だと、私どもは信じております」

隣で、お重も大きく頷く。隼人は姿勢を正した。

「辛いところ、話を聞かせてくれて、礼を言うぜ。その尾張屋の家族のこと、探ってみよう。下手人は必ず挙げてみせるから、心配するな」

「旦那、お願いいたします」

圭吾郎とお重は、畳に擦りつけるように、深く頭を下げた。

隼人は亀吉を連れて錦絵通りへ向かった。曇り空の下、木枯しが吹く中を足早に急ぐ。亀吉は懐手《ふところで》で、肩をぶるっと震わせた。

「なにやら雪が降ってきそうですぜ」

「雪にはまだ早《はえ》えがな」

「いえ、雪にこの通りを浄《きよ》めてもらいたいと思いやして」

「巧いこと言うじゃねえか。……本当に浄めが必要かもしれねえな」

隼人は歩を進めながら、せせらぎ通りを見回す。人は少なく、どの店もひっそりとしていた。

錦絵通りに着くと、二人はまず尾張屋に向かい、物陰に身を潜めて、近くから様子を窺った。

「こちらの通りは賑やかだな。あの店も、人の出入りが多い」

「繁盛してそうですね」

尾張屋は間口六間（約一〇・九メートル）ほどだが、なかなか風格のある構えだ。店の大きさからいえば、筆屋の津野屋とそれほど差はないだろう。

――あそこと張り合って、踊り手の座を射止めたってことは、お圭の両親は相当、金を遣ったに違いねえ。

するとか中からお内儀らしき女が、客と一緒に現れた。目が吊り上がった、あからさまな狐顔だ。亀吉が声を潜めた。

「なるほど。意地悪そうなご面相で」

「娘もあの母親に似ているのだろうか」

「お圭が亡くなったことは、もう耳に入っていやすかね」

「どうだろうな」

「まあ、奴らの仕業だったら、知ってて当たり前《めえ》でしょうが」

お内儀は作ったような笑顔で客を見送ると、袖の上から腕をさすりながら、さっさと中へ入った。亀吉は隼人に目配せした。

「ちょっくら覗いてきやす」

「おう、頼んだぞ」

亀吉はさりげなく尾張屋へ近づいていく。その後姿を眺めながら、隼人は腕を組んだ。

店の周りをぐるりと回り、中を覗き込んで、亀吉は戻ってきた。

「主人らしき男がいやしたが、こちらはおとなしそうですぜ。お内儀のほうが、きびきび立ち回っておりやす。番頭と、手代《てだい》も何人かいやした」

「娘の姿はなかったか」

「確かめられやせんでした。すみやせん」

「いや、ご苦労。……商いは手堅くやっていそうだな」

尾張屋を眺め、隼人は顎をさする。

「周りの店に軽く聞き込んでみやしたところ、昨日の夕刻頃は、尾張屋は店を開けていたとのことです。主人とお内儀も恐らくは店にいたであろうと、言ってやした」

「そうか」

「どうしやす。あの夫婦に、お圭が殺されたことを直《じか》に話して、反応を窺いながら、いろいろ訊ねてみやすか」

「お圭が殺されたと思われる頃、どこで何をしていたかって？　まあ、訊いても無駄だろう。白を切られちまうよ。手下に殺らせたかもしれねえしな」

亀吉は溜息をついた。

「あいつらが殺ったか殺らせたとすると、捕まえるのは証拠が見つからねえと、案外難しいかもしれやせんね」

「少しずつ追い込んでいくしかねえな。よし、周りから攻めていこうぜ」

二人は頷き合い、尾張屋の傍から離れた。

少し歩き、甘味屋を見つけると、そこへ腰を落ち着けた。女中が注文を聞きにくる。

「汁粉を頼む。餅入りで」

「あっしは磯辺で」

亀吉は甘過ぎるものは苦手なのだ。お茶で喉を潤し、二人は一息ついた。

少しして女中が運んできた時、亀吉は十手をちらりと見せた。女中は思わず身を竦める。隼人が話しかけた。

「ここの女将を呼んでくれねえか。ちょっと訊きてえことがあるんだ」

「は、はい。かしこまりました」

女中は直ちに奥へと向かう。隼人が汁粉を二口啜る間に、女将がやってきた。四十半ばぐらいの、ふくよかな女だ。

「お疲れさまでございます。ここではなんですから、中に入られますか」

「いや、ここでいい」

「それでどのようなことでございましょう」

「この通りにある、櫛問屋の尾張屋について訊きてえんだ。あそこのお光って娘を知っているかい」

「はい、知っております」

「どんな娘だい」

「気が強そうな娘さんですよ。気性も見た目も、あそこのお内儀さんとよく似ていらっしゃいます」

「踊りをしているそうだな」

「ええ。小さい頃からなさっていて、親御さんもそのことをよく自慢していらっしゃいますよ。あの二人、娘さんには甘いですからね。いつも綺麗な着物を着させて、蝶よ花よとお育てになって」

女将は薄ら笑いを浮かべる。隼人は眉を搔いた。

「なにやら皮肉めいてるじゃねえか。つまり尾張屋の夫婦は、自分たちの娘が一番だと思い込んでいる、いわゆる親莫迦《おやばか》ってことか」

「いえ、そこまでは申しませんけれどね。ほら、先月、神田祭がありましたでしょう。あれで娘さんを踊らせようと、ずいぶん根回ししたみたいですよ」

「ほう。どんなことをしたんだろうな」

相槌を打ちながら、隼人は亀吉に目配せする。亀吉は女中を呼び止め、女将のぶんもお茶と汁粉を持ってくるよう頼んだ。

「あら、申し訳ございません」

「いいってことよ。忙しいところ、付き合ってもらってるんだ」

「ありがたくご馳走になります、旦那」

女将は愛想よく微笑み、続けた。

「その根回しっていいますのは、いろいろな人たちに心づけを配ったたってことですよ。お師匠や家元など踊りの関係者だけでなく、お祭に関わる人たちの大方に」

「でもよ、それでも踊り手になれなかったんだろう」

「そうなんですよ。それで、あそこのご夫婦、特にお内儀さんが怒ってしまって。お師匠のところに、お金を返せと怒鳴り込みにいったたっていうんです」

隼人と亀吉は目と目を見交わした。

「そこまでやるとはな」

「やってやらないと気が済まなかったんじゃありません？　それでも怒りは冷めやらぬようで、踊り手に決まった娘さんやそのご家族の悪口を言いふらしていたそうですよ」

「どんなことを言っていたんだろう」

女将は声を潜めた。

「それが下種《げす》な話で。その娘さんの親御さんが大金を積んだだけでなく、娘さん自身も躰を使った、って」

隼人が眉を顰《ひそ》める。亀吉が口を出した。

「つまりは、祭の関係者たちと寝た、と？」

「そうです。そういう噂を流そうとしたみたいですよ。でも、負け惜しみだって、皆、気づいていましたけれどね。だって実際に神田祭に行った人が、言っていましたもの。踊り手に決まった娘さんは、さすがだったって」

「評判になったみてえだよな」

「見た人は皆、褒めてましたよ。踊りについても、容姿についても。なんだかんだ、実力で選ばれたのではないかしら。だって尾張屋の娘さんって、着飾ってはいるけれど、それほど器量よしではありませんからね」

女将はどうやら本音を隠しておけない性分のようだ。隼人と亀吉はそれをありがたく思いつつも、苦い笑みを浮かべる。汁粉とお茶が運ばれてきて、女将は一息ついた。

「どうも話を聞いていると、尾張屋が一方的に敵視していたようだな」

「そうだと思います。尾張屋さんのご夫婦は、どうしても娘さんをお祭で踊らせて、出世させたかったたんでしょう」

「祭で踊れば人生が変わる、ってことか」

「今年踊った娘さんは、実際、どこぞの藩から奉公のお話があったと伺いました。あのご夫婦、それを知ったらよけいに腸《はらわた》が煮えくり返ったでしょうねえ」

汁粉を啜りながら、女将はなにやら嬉々としている。隼人は思った。

――その踊った娘が殺されたことを話したら、この女将は目をひん剝いて騒ぐだろうな。あの夫婦がやったに違いない、って。

どうやらお圭が殺められたことは、この辺りにはまだ伝わっていないようだ。

隼人は敢えて報せることはなかろうと、判断した。

女将が汁粉を食べ終える頃、勘定を置いて、隼人と亀吉は立ち上がった。

「為になる話を聞かせてくれて、礼を言うぜ。また来るかもしれねえが、その時はよろしくな」

女将も立ち上がり、隼人に恭しく礼をした。

「お心遣いありがとうございました、旦那。……ところで、尾張屋さん、何かなさったんですか」

隼人は女将に目配せした。

「いや、ちょっと知りたかっただけだ。親莫迦の気持ちってのを」

「ああ、なるほど。承知いたしました」

女将は笑顔で会釈をした。

甘味屋を出ると、強い風にさらされ、土埃《つちぼこり》が舞っていた。それでもこの通りは賑やかだ。手で埃をよけつつ前を見ると、風月香が目に入った。ちょうど女将と仲居たちが、客を見送っているところだ。

「またのお越しをお待ちしております」

華やかな女たちの群れは、通りを行き交う人々の目を引いている。その中でもやはり女将が、飛び抜けて艶やかだった。

見送りを終えると、女たちは旅籠の中へと戻っていく。隼人と亀吉は腕を組んで、その様子を眺めていた。

「旦那、あの旅籠、どう思いやす？」

「あそこも一度、探ったほうがいいかもしれねえ。いや、尾張屋や風月香だけでなく、この通り全体を徹底して探ってみるか。……さっき甘味屋の女将と話して思ったが、この通りの者たちは癖がありそうだ。しかも、今回のせせらぎ通りの一連の事件に、やけに関わってきている」

「旦那、やりやしょう。あっしも気になりやす」

目を擦《こす》りつつ、二人は風月香を眺める。漆黒《しっこく》の看板に、金色で旅籠の名前が書かれているのが、やけに印象に残った。


隼人と亀吉は再び山之宿町へと戻り、吾妻橋のたもとで半太と落ち合った。半太は二人に報せた。

「お圭の遺体を検めた結果、やはり死因は刺されたことのようです。えぐるように二度刺されていて、出血も多かったとのこと。そして刺されたのはおそらく、お圭がこちらへ帰ってきた頃だろうとのことです。検めが終わりましたので、骸《むくろ》は親御さんへ返しました」

「うむ。それで、ここの船着場の船頭で、その頃お圭を見た者はいなかったか」

「多くの船頭は、その頃、出払ってしまっていたそうです。お圭を目撃したという船頭は、まだ見当たりません」

隼人は辺りをぐるりと眺めた。冷たい風に吹かれ、隅田川の川面《かわも》が波打っている。吾妻橋のたもとには、橋番所があり役人が詰めていた。橋を渡る時には、武士以外は、ここで渡し賃を払わなければいけない。番所の傍が船着場になっていた。

「あそこの番人にも訊いてみたか」

「はい。でも、この近くで娘が刺されたってのに、まったく気づいちゃいませんでした」

「結構、いい加減だもんな。今は寒いから閉じ籠ったきりで、渡し賃を受け取る時だけ中から竿《さお》をぬっと差し出しやがる」

亀吉が鼻を鳴らす。その竿の先に笊《ざる》がついていて、そこに橋銭を納めさせるのだ。隼人は腕を組んだ。

「お圭はどうしてその日に限って、迎えに来る下女を待っていなかったんだろうな」

「もしやお圭の顔見知りが現れて、言葉巧みにそそのかしたんでしょうか。たとえば……下女は具合が悪くて今日迎えにこられないから、自分が代わりに来た、などと言いやして」

「それで、うっかり信用しちまったってことか」

「医者が言うには、あの刺し方ならば、下手人は女ってこともあり得るそうです」

「そうか」

隼人たちは目と目を見合わせる。今にも雨が降ってきそうな空の下、隼人は二人に命じた。

「尾張屋も暫く見張っていてくれ。やはり錦絵通りはなにやら臭う。調べ上げてやろう」

「かしこまりました」

半太と亀吉は顔を引き締めた。

三

お圭の葬式に、里緒は吾平と一緒に出席した。逆さ屏風が立てられ、北枕に寝かされたお圭を見て、里緒は耐え切れずに嗚咽《おえつ》した。お圭の死に顔はまるで人形のように美しくて、それゆえいっそう涙を誘った。

――いったい誰が、こんな惨《むご》いことを。

青褪《あおざ》める里緒を、吾平が支える。

「女将、しっかりしてください」

「大丈夫よ。……お圭さんのこと、いろいろ思い出してしまったの」

神田祭があったのは、つい先月だ。そこで見事な踊りを披露して輝いていた娘が、僅《わず》か一月後に亡くなるなんて、いったい誰が思ったことだろう。

お圭の姿に胸を痛めたのは里緒だけではなく、集まった者たちの間からは、絶えず啜り泣きが聞こえていた。

檀那寺《だんなでら》の僧侶が枕 経《まくらぎよう》をあげている間、里緒は目を固く瞑って手を合わせ、ひたすらお圭の冥福を祈った。

それが済むと、遺体を沐浴《もくよく》させて、白帷子《しろかたびら》を着せて棺《ひつぎ》に納める。棺の中には故人の衣服や調度品《ちようどひん》なども納めるが、お圭の母親のお重は、里緒がお圭に譲った簪も一緒に入れた。

「女将さんからいただいた簪を、娘は本当に気に入っておりましたから」

お重にそっと手を握られ、里緒の目にまた涙が込み上げてくる。

紅色の珊瑚玉と青緑色の孔雀石が飾られた銀の簪は、お圭の胸元に置かれた。

野辺送りを終えて雪月花に戻ってくると、里緒は帳場で座り込んだ。肩を落として項垂《うなだ》れる里緒を眺め、吾平とお竹は息をついた。

「女将、昨日から殆ど召し上がっていないでしょう。躰が持ちませんよ」

「女将は哀しいことがあると、食べられなくなるんですよね。でも、無理してでも食べていただきませんと。頬がげっそりして、せっかくの美貌が台無しですもの」

「いいのよ。放っておいて」

里緒は白喪服の姿で、畳に横たわる。座っているのもきついのだ。

「放っておけませんよ」

お竹は唇を尖らせて板場へと向かい、すぐに戻ってきた。

「今、お栄とお初が湯豆腐を作って持って参ります。少しお待ちくださいな」

「あの二人が心を籠めて作ったものならば、女将も食べない訳にはいかないでしょう」

吾平とお竹は並んで座り、寝そべった里緒を心配げに眺める。

「そうね……」

里緒はか細い声で答え、額にそっと手を当てた。

暫くしてお栄とお初が湯豆腐を運んできた。里緒はようやく半身を起こし、湯気の立つ小鍋を眺めて目を瞬かせた。

「まあ」

雪の如《ごと》く白い豆腐、芹《せり》、葱、椎茸、そして紅葉を象《かたど》った人参が入っている。その彩りと、野菜の旨みと昆布出汁が溶け合った爽やかな香りに、里緒は目を細めた。

「女将さんはお豆腐がお好きだから、これならば召し上がってくださるかもしれないと思いまして」

「私たち、まだまだ女将さんのように上手には作れませんが、頑張りました」

お栄とお初は真剣な面持ちで、里緒を見つめる。自分たちが作ったものを里緒に出すので、二人とも緊張しているようだ。里緒は微笑んだ。

「ありがとう。早速いただくわね」

匙《さじ》で豆腐を掬《すく》い、口元に運ぶ。ふぅふぅと息を吹きかけ、少し冷ましてから、口にする。その素朴で優しい味わいは、お栄とお初の心にも似ていて、疲弊《ひへい》した里緒をそっと慰めてくれるようだった。

「実に美味しいわ。また作ってちょうだい」

里緒の言葉に、お栄とお初は顔をぱっと明るくさせ、無邪気に喜んだ。

「よかったです。……心配していましたから」

「お圭さんのこと、私たちもとても悲しいです。でも、どうかご飯はしっかり召し上がってください」

里緒は苦い笑みを浮かべた。

「なにやら気を遣わせてしまって、ごめんなさいね」

お栄とお初は頭を振る。

「そんな。いつも私たちが女将さんにご心配かけているのですから」

お竹が口を挟んだ。

「まあ、皆で支え合って、学び合っていければいいんじゃないんですか」

「そういうことだ。家族みたいなもんだからな」

吾平が続ける。ようやく雪月花に明るさが戻り始めた。お栄とお初は、里緒に告げた。

「女将さん、ごゆっくりお召し上がりください」

「私たち、そろそろ休ませていただきます」

里緒は頷いた。

「お栄さん、お初さん、お疲れさまでした。美味しいお料理、本当にありがとう。これならば全部いただいてしまうわ」

するとお栄とお初は顔を見合わせ、頷き合った。

「あの……前からお伝えしようと思っていたのですが、私たちをお呼びになる時、もう『さん』をつけないでください」

「お栄、お初、と呼び捨てにしてくださいい。忙しい時などに丁寧に呼んでいただくと、なにやら畏れ多いですし、呼び捨てのほうが私たちも嬉しいんです」

「え……でも」

里緒が躊躇っていると、お竹がまた口を出した。

「それ、私も思っていました。女将になられて、もう三年が経つのですもの。いつまでも仲居をさんづけで呼ぶことはありませんよ。いいんです、お栄、お初、で」

「丁寧なところが女将のよさでもあるから、私も黙っていましたけれどね。でも本人たちが呼び捨てにしてくれと望んでいるなら、そうしてやってもいいんじゃないんですか。家族ならば、姉が妹を呼ぶ時、さんをつけたりしませんよ」

「あ……」

里緒は手をそっと胸元に当てる。吾平の言うとおりと思ったのだ。

匙を置き、里緒は二人に微笑んだ。

「お栄、お初、明日からまたよろしくね」

「はい！　女将さん、よろしくお願いいたします」

二人は飛び切りの笑みを見せて、下がっていった。

静かになると、お竹が肩を竦めた。

「やれやれ、あんなに喜んで。嬉しいのね、女将といっそう親しくなれたようで」

「そういうものなのかしら」

里緒も肩を竦める。お竹は里緒を見つめた。

「私のことも呼び捨てになさってください。気を遣わなくていいんですよ。お願いしますね、女将」

里緒は微かに眉根を寄せた。

「でも……お竹さんは私の親代わりのようなものでしょう。呼び捨ては、やはり戸惑いがあるわ」

「いいんですよ。お竹、と仰ってくださって。おっ母《かあ》、ぐらいの意味合いで受け止めますから」

「私のことも、呼び捨てで構いません。こちらも、おっ父《とう》、ぐらいの意味合いで受けとめますんで」

二人の気持ちが分かりつつも、里緒にはまだ躊躇いがある。返事をしない里緒に、吾平とお竹は微笑んだ。

「おいおい、でいいですよ。女将が無理なく、そう呼べるようになった時で」

「楽しみにしていますね」

里緒は静かに頷いた。

行灯の柔らかな明かりが、三人を照らす。お茶を啜って、吾平が不意に里緒に訊ねた。

「女将もかつて、十六ぐらいの時、神田祭か山王祭かで、踊ってみないかと誘われましたよね。でも話には乗らずに、断ってしまった。あれはどうしてだったんですか」

「ああ、そんなことがありましたね。私も覚えていますよ」

吾平とお竹に見つめられ、里緒はうつむいた。

「だって、あのような大きなお祭で踊るほど、私は上手ではなかったもの。それに……お金がかかることも、薄々知っていたし」

　吾平は息をついた。

「賢明でしたよ。いや、こんな時に言うことではありませんがね。着飾って踊って出世しようと目論《もくろ》んだって、落とし穴が待ってることもある訳で。……お栄やお初を見ていて、思ったんです。あいつらは黄八丈を着て、毎日熱心に下働きをしている。文句も言わずに、それどころか楽しそうだ。欲がないんですよ。案外ああいう娘たちのほうが、幸せってものを、いつか容易に摑んでしまうものなのかもしれないとね」

「あの子たちは今だって幸せなんですよ。なにも金持ちに見初められたり、大奥や武家屋敷に奉公することが女の幸せとは限りません。ねえ、女将」

「そうね。私もそう思うわ」

　里緒ははっきりと答えた。

「女将は、そういうことに興味がないから、かつて踊り手の話がきた時にも乗り気ではなかったのでしょう」

「ええ。私は小さい頃から、旅籠の仕事のことしか考えていなかったの。お客様が笑顔で帰っていく姿を見ていて、もてなす仕事って素敵だなあ、ってずっと思っていたわ。でも……難しいことも多々あって、まだまだ日々反省を重ねているけれど」

里緒は話しながら、湯豆腐を綺麗に食べ終えた。

「少しは元気になりましたでしょう」

「ええ。よいお味でした」

青白かった里緒の頬は、ほんのりと血の気《け》を取り戻していた。

隼人は大きな躰を揺さぶりながら、錦絵通りを歩いていった。殺された西村屋に関わっていた呉服問屋喜島屋は半太が、お主に関わっていた櫛問屋尾張屋は亀吉が見張っている。隼人が通り過ぎる時、二人は軽く会釈をした。

隼人は風月香の前で足を止め、格子戸を勢いよく開いた。

「おう、ちょいと失礼するぜ」

大きな声を上げると、番頭が現れた。小柄で、鼠《ねずみ》のような顔をした、五十ぐらいの男だ。番頭は同心姿の隼人を目にして、深々と頭を下げた。

「お役人様、お寒い中、お疲れさまでございます。本日はどのようなご用件でしょうか」

言葉は丁寧だが、目つきにはやけに険《けん》がある。隼人は顎を上げ、番頭を見据えた。

「ここじゃなんだから、中に上げてもらえねえか。女将に話があるんだ」

「かしこまりました。……さ、どうぞお上がりくださいませ」

上がり框を踏もうとすると、すかさず派手な化粧をした仲居二人が、盥《たらい》を運んできた。衣紋をこれみよがしに大きく抜き、首から背中にまでべったりと白粉《おしろい》を塗っているのを見て、隼人は笑いそうになる。

「いらっしゃいませ。おみ足をお濯《すす》ぎいたします」

「いや、構わんでくれ」

猫撫で声を出す仲居たちを振り切り、隼人はずけずけと中に入っていった。

番頭は隼人を、一階の奥の部屋へと通した。

「少しお待ちくださいませ」

「おう、忙しい刻に悪いな」

番頭が女将を呼びにいくと、仲居がお茶と羊羹を運んできた。

「お召し上がりくださいませ」

「ありがとよ」

仲居は丁寧に辞儀をして下がった。目の前の羊羹は艶やかな濡れ羽色《ぬればいろ》で、実に美味しそうだ。しかし隼人は、お茶にも羊羹にも、手をつけようとしなかった。腕を組んで待っていると、襖越しに声がした。

「失礼いたします」

「おう」

隼人が返事をすると、襖が開き、女将が入ってきた。隼人は女将を眺めた。白鼠《しろねず》色の着物を上品に着こなし、化粧もそれほど濃くはない。それなのにやけに人の目を引くのだ。女将は、ここの仲居たちのような浮わついた色気ではなく、凄みのある色香を湛《たた》えていた。

女将は隼人の前に淑やかに座り、深々と辞儀をした。

「風月香の女将の、佐紀《さき》でございます」

「おう、知ってるぜ。お前さんのことは少し調べさせてもらったからよ」

佐紀は顔を上げ、微笑んだ。笑うと左の頬にえくぼができる。唇の横には、小さな黒子《ほくろ》があった。

「お役人様が私のことなどを？　なにやら光栄ですわ」

隼人と佐紀の眼差しがぶつかる。隼人も笑みを浮かべた。

「お前さん、亡くなった三郎兵衛の仕舞屋を買い取ったようだな。ここの仮宿にでもするのか」

「ええ、そのつもりです」

佐紀は悪びれることなく答える。

「前々からあそこを狙っていたんだろう」

「三郎兵衛さんに、お話はしていました。こちらがよい値を言いましても、ずっとお断りになられて」

「ならば、殺されてくれて好都合って、内心では喜んだんじゃねえのかい」

隼人は佐紀を見据えて、にやりと笑う。

「いいえ。お亡くなりになったことには心が痛みました。都合がよいとは思いましたけれど」

佐紀も隼人を見つめ、にっこりと微笑む。その切れ長の目は、妖しく光っていた。

「ところでよ。お前さん、二十年以上前は、吉原の花魁《おいらん》だったんだってな。それも入山形《いりやまがた》に二ツ星の呼出し昼三《ちゆうさん》、高嶺《たかね》の花だ。もとは貧しい百姓の家に生まれたそうだが」

佐紀は隼人から目を逸らさず、ふっと笑みを漏らした。

「そのようなこともありましたっけ」

「その時の名は、浮橋《うきはし》。浮橋花魁といえば、当時は畏れ多いような人気者で、あの吉原に数々の言い伝えを残したってな」

佐紀は何も答えず、ただ微笑んでいる。

「ちょうど今から二十年前、お前さんが二十二の時に、大店の廻船《かいせん》問屋の大旦那に身請けされたんだろう。その頃から大旦那は各地で手広く商いをしており、齢七十の今も健在だ。この旅籠も大旦那の商いの一環で、妾のお前さんが女将を任されたって訳だな。二人の間にできた息子は、上方《かみがた》のほうの店を任されていると」

佐紀は息をつき、しどけなく脚を崩した。

「参りましたわ、旦那。お役人様って、そこまで調べてしまえるものなのですね。もはや隠し立てしても仕方がございません。仰るとおりでございます」

隼人は佐紀をさらに見据えた。

「大旦那は、いろいろな店を無理やりのように買い取っては、商いを拡げていったというじゃねえか。……お前さんたち、よからぬことなど考えてはいねえよな」

「よからぬことと申しますと？」

「自分たちの利益のために、ほかの店の者たちを陥れるってことだ」

「私たちがどなたを陥れるというのです」

「隣の山之宿町の、せせらぎ通りを知っているか」

「はい。存じ上げております」

「このところ、そこの通りで殺しが続いている。三郎兵衛という男が通りの角の草むらで殺され、通りに店を構えていた質屋も殺され、そこの筆屋の娘も殺された。そして三人とも、この錦絵通りの者たちが関わっていた。これは、たまたまって言えるんだろうか」

「たまたまかどうか、私には分かりません。この通りに、なにやら疑いがかかっているようですね。それでいろいろ調べていらっしゃるのですか」

隼人は身を乗り出した。

「そういう訳だ。だからよ、お前さんたちも変な気は起こさねえほうがいいぜ。目をつけられているんだからな」

「なるほど……旦那は先手を打ちに、ここを訪ねていらっしゃったんですね。何か企んでいるにしても、せめて雪月花さんには迷惑をかけないようにしろ、と」

「雪月花を知っているんだな」

「ええ、よく存じ上げております。旦那が、あそこの女将さんにベタ惚れということも。よく入り浸っていらっしゃるってことも」

くすくすと笑う佐紀を、隼人は呆然《ぼうぜん》と見つめた。

――なんだ、この女。いったい。

隼人は佐紀を睨《ね》めた。

「いいか。雪月花に何かしようとしたら、その刻はただじゃおかねえぞ」

隼人が凄むも、佐紀は流し目を送る。

「ねえ、旦那。自分より八つ下の女は可愛いでしょうが、九つ上の女もまた味わい深いものでありんすよ」

そして佐紀は、隼人の前にある、手つかずのお茶と羊羹に目を移した。

「時には毒を食らって中《あた》る勇気もないようならば、一人前の漢《おとこ》ではありんせん」

佐紀は濡れ羽色の羊羹を指で摘まむと、真紅の唇に近づけ、舌先でそっと舐めた。

「邪魔したな」

隼人は言い捨て、廊下を踏み鳴らして立ち去った。

里緒は旅籠の前を箒で掃きながら、溜息をついた。ひっそりとした通りに、目をやる。せせらぎ通りは不吉な通りだ、という噂が広まっているようで、どこの店も閑古鳥《かんこどり》が啼き始めていた。

隅田川に近づき、大きく息を吸い込むと、里緒の心は少し落ち着いた。対岸に広がる向島の紅葉の眺めは艶やかさが増して、まさに錦のようだが、色づき過ぎてなにやら怖くもある。

——もしや錦絵通りの人たちが、私怨を晴らしつつ、せせらぎ通りを陥れようとしているのでは。

そのような考えが浮かび、里緒の心に暗い影がまた広がっていく。冷たい風に吹かれたまま、里緒は暫し佇んでいた。

五つになり、里緒が帳場で一息ついていると、幸作が帰り際に湯呑みを渡した。

「今夜は冷えますんで。これで温まってください」

受け取り、里緒は顔をほころばせた。大好物の、柚子を搾った生姜《しょうが》湯だ。その香りにうっとりとし、里緒は早速一口啜った。蜂蜜が利いた円やかな味わいに、舌鼓を打つ。

「芯まで温まるわ。幸作さん、ありがとう」

吾平とお竹も目を細めて飲む。幸作は頭を掻き、挨拶をして帰っていった。

里緒は湯呑みで手を温めながら、ゆっくりと味わう。三人とも、雪月花の屋号紋が染め抜かれた半纏を羽織っていた。

「冬の訪れとともに、この通りにも木枯しが吹いているようですな。すっかり人通りがなくなってしまいました」

吾平が溜息をつくと、お竹も肩を落とした。

「本当に。皆、言ってますよ。このままで年を越せるのだろうか、って」

「どこも、たいへんよね」

里緒もそっと目を伏せる。今日、雪月花で埋まっているのは四部屋だ。十部屋の半分に満たない。このまま客足が減る一方ならば、雪月花だって続けていくことが困難になってしまうだろう。

「これも錦絵通りの奴らの陰謀なんでしょうかね。……ならば許せねえ」

吾平は忌々《いまいま》しそうに舌打ちをする。

里緒は湯呑みを置いて不意に立ち上がり、小さな障子窓を少し開けた。冷たい夜風が、帳場に流れ込んでくる。お竹が肩を竦めた。

「女将ったら。せっかく生姜湯を飲んだところですのに」

里緒は何も答えず、静かに流れる隅田川に目をやった。行灯を灯した猪牙舟《ちょきぶね》が、一艘《そう》、二艘、走っていく。

「ねえ。三郎兵衛さんは、どうして十年ぶりに、うちに泊まろうと思ったのでしょう」

独り言のように、里緒がぽつりと口にした。吾平とお竹は、里緒の背中を見つめる。里緒は続けた。

「もしや三郎兵衛さんは……うちに泊まっている間に、十年前にここに連れてきた娘さんと、久方ぶりに落ち合う約束だったのではないかしら。この旅籠か、もしくは、ここの近くのどこかで」

吾平とお竹は顔を見合わせた。

「そのように考えられなくもないですが。でもそれならば、その娘はうちを訪ねてきたのではありませんかね」

「訪ねてくる前に、騒ぎを耳にして、三郎兵衛さんが亡くなったことを知ってしまったとしたら？」

里緒は振り返り、二人を見やる。お竹が首を傾げた。

「その娘さんって、いったい何者だったんでしょうね。今の話は、まったく女将の推測に過ぎませんが、そう言われてみますと、なにやら気になりますよ」

里緒は窓を閉め、そっと腰を下ろした。


それから少し経って、隼人が雪月花を訪れた。旅籠が落ち着く五つ過ぎ、里緒は隼人を自分の部屋へと通した。

里緒の部屋はいつも美しく整えられていて、白檀《びゃくだん》の甘い香りが漂っている。仏壇には、薄紫色の菊の花が飾られ、菊の形の最中が供えられていた。

淑やかにお茶を淹《い》れる里緒を、隼人は目を細めて眺めた。楚々《そそ》とした美しさを湛える里緒に、水色の着物はよく似合っている。

「お召し上がりくださいませ」

「ありがとよ」

隼人はお茶で喉を潤し、満足げな息をついた。それから里緒に、調べたことなどを報せた。錦絵通りについて摑んだことも話し、隼人は里緒に念を押した。

「風月香の女将は、只者《ただもの》じゃねえぜ。いいかい。奴らが何か巧いことを言って近づいてこようとしても、絶対に気を許すな。もしなにやら様子が変だなと思うことがあったら、どんなことでもいい、必ず俺に伝えてくれ」

「かしこまりました。気をつけます」

里緒は胸に手を当て、しかと頷く。そして、考えていたことを、隼人に話した。

「なにやら一連の事件は、錦絵通りの人々がそれぞれの私怨を晴らしつつ、このせせらぎ通りをも陥れようと画策しているのでは。そんな気がしてならないのです」

「いるんだよな。そういう莫迦な奴らって。こっちは相手を気にも留めていねえのに、一方的に妬んだり、足を引っ張ったりしてよ。錦絵通りが、せせらぎ通りを、勝手に敵視してるって訳だな」

「私どもは何もしておりませんのに……」

里緒は深い溜息をつく。隼人は里緒を見つめた。

「その気持ちは分かるぜ。やりきれんだろう。せせらぎ通りは、隣町の人気の通りってことで、奴らも意識しちまったのかもしれねえな。それに加えて、この通りの人と揉めている者が、あの通りに集まっていたと」

「相談し合ったりしているのでしょうか。……なにやら恐ろしいです」

里緒は肩を微かに震わせる。隼人は微笑みかけた。

「大丈夫だ、里緒さん。俺がついている」

その福々しい笑顔に、里緒はなにやら心が励まされる。

「はい」

里緒は笑みを返し、素直に頷いた。

二人は炬燵にあたって話をしていたが、里緒は隼人を残して、部屋を出た。板場へと向かい、襷《たすき》掛けをして料理を始める。いつも力になってくれる隼人に、心を籠めて作ったものを食べてもらいたかった。

水を満たした鍋を火にかけ、野菜を切っていく。鰹出汁の旨みのある匂いが、板場に漂った。


料理ができると、里緒はそれを持って部屋へと戻った。

「お待たせいたしました。どうぞ」

湯気の立つ鍋を見て、隼人は声を上げた。

「おおっ、牡丹鍋ではないか」

鍋には、たっぷりの葱、水菜、人参、椎茸、そして猪肉が入っている。生姜が利いた味噌味の汁に、それらの旨みが溶け出て、濃厚な匂いを放っていた。隼人はごくりと喉を鳴らす。

里緒が鍋から椀によそって渡すと、隼人は熱々のそれを頬張り、噎せ返りそうになった。

「大丈夫ですか、隼人様」

里緒は隼人の大きな背をさする。隼人はお茶を飲み込み、息をついた。

「すまねえ、なにやら、がっついちまって」

「お気をつけてお召し上がりくださいね」

二人の目が合い、里緒はそっと手を離した。

それからは喉に痞《つか》えることもなく、隼人は牡丹鍋を堪能した。

「料理の仕方がよいせいか、猪肉の臭みが消えて実に旨いぜ。客にも出しているのかい」

「はい。喜んでいただけます」

「だろうな。牡丹鍋まで振る舞うとは、さすが雪月花だ。しかし猪肉を牡丹って呼ぶのは、風流だよな」

「私もそう思います。馬肉は桜、鹿肉は紅葉」

「獣肉を食べることは表立っては禁止されているから、その呼び方なんだよな。風流でもあるが、民の知恵とも言える」

　里緒はふと思い出し、手を打った。

「そういえば、琉球王国では豚肉を食べるそうですね」

「ああ、聞いたことはあるな」

「先日、お客様にそのことを教えていただいたんです。そのお客様は、豚肉を食べてみたいけれど江戸では食べられないからと仰って、代わりに猪肉の料理を頼まれました」

「それで牡丹鍋を振る舞ったのか」

「はい。そのお客様には、猪肉と野菜を煮込んで蕎麦に絡めたものも、お出ししました」

「おう、そちらも旨そうじゃねえか」

「どちらも褒めていただけました」

　二人は微笑み合う。隼人は額に微かに汗を滲ませて、猪肉を頬張り、汁を啜った。

「しかし豚肉ってどんな味がするんだろうな」

「恐らく、猪肉より脂っぽいのでは。琉球王国では、啼き声以外は、耳から足まで豚を丸ごと食べてしまうと聞きましたから、美味しいのでしょうね」

「そういや来月、十年ぶりに琉球使節が江戸に来るんだ」

里緒は隼人の横顔を見つめた。

「十年ぶり、なのですか。……十年前も、霜月《しもつき》にいらしたのですか」

「うむ。来る時期はだいたい霜月と決まっているからな」

「江戸にはどれぐらいいるのでしょう」

「だいたい一月だな。六月に琉球を発って、ほぼ一年がかりの旅だ」

「江戸ではどちらに滞在されるのですか」

「薩摩藩の高輪の屋敷のようだ。中屋敷だろう」

薩摩藩の屋敷と聞き、里緒はふと、殺されたお圭の顔が浮かんだ。

汁をずずっと啜る隼人の傍らで、里緒は考えを巡らせていた。

第四章　麗しの旅芸人

一

隼人は半太と亀吉に、錦絵通りを徹底して見張るように命じた。そしてその足で、寅之助のところへと向かった。

間口七間（約一二・七メートル）の盛田屋の長暖簾を掻き分け、隼人が顔を出すと、若い衆たちが威勢よく迎えた。内証《ないしょう》に通してもらい、隼人は訳を話して、寅之助に頼んだ。

「すまねえが、手の空いている若い衆がいたら、せせらぎ通りの見張りに貸してもらえねえか」

頭を下げる隼人に、寅之助は強面の顔を顰めた。

「そんなに恐縮しないでくださいよ。旦那とわっしの仲じゃありやせんか。引き受けやした。交替で見張らせます」

「ありがてえ。頼んだぜ、親分」

寅之助は力強く頷き、灰吹きに煙管の吸い殻を落とした。

「せせらぎ通りの皆とは、うちも縁があるんでね。助けになりてえんですよ。一日も早く活気を取り戻せるよう、できる限りの力添えをさせてもらいやす」

「心強いぜ、親分。恩に着る」

そこへ寅之助の女房のお貞《てい》が、お茶と煎餅を運んできた。年上女房のお貞は、町火消の娘だっただけになんとも気風がよく、還暦の今でも別嬪《べっぴん》だ。

「お疲れさまです、旦那。ゆっくりしてらしてください」

「おう。ここで親分の顔を拝みながらのんびりしてえが、そうも言ってられねえんだ。いろんなことが次々と起きるからな。気苦労が増えるばかりで、まったくやりきれねえぜ」

隼人は笊《ざる》に手を伸ばし、胡麻煎餅を摑んでばりばりと齧《かじ》る。お貞は微笑んだ。

「それだけ食い気があれば大丈夫ですよ、旦那。本当に気苦労されていたら、痩せ細りますって」

噎《む》せそうになり、隼人は湯吞みを摑んで、お茶で流し込む。

「失礼しました」

胸を叩く隼人を流し目で見やり、お貞は下がった。

「……気苦労で肥る者もいるということを知らねえんだな、お貞は」

ぶつぶつ言う隼人に、寅之助は苦笑いだ。寅之助も海苔《のり》煎餅を摑み、音を立てて齧った。

「しかし、風月香の女将ってのは、なにやら気味が悪いですね」

「うむ。こちらのことを、よく知っていそうなところもな」

「吉原のなんて店にいたんですかい」

「京町《きょうまち》一丁目の大見世《みせ》〈桔梗《ききょう》屋〉だ。源氏名は浮橋だったらしい」

寅之助は、無精髭《ぶしょうひげ》が生えた顎をさすった。

「浮橋花魁って、確かにいやしたぜ。二十年以上経った今でも、探ればいろいろな逸話が出てくると思いやす」

「それほど名高かったのか」

「人気はありやしたよ。わっしは、花魁道中をしているところを一度目にしただけでしたがね。天明《てんめい》の大飢饉《だいききん》の頃でしたが、そんなことはまったく関係がないかのような豪華さでした。でも本人は、飢饉の前から困窮していた奥州《おうしゅう》から売られてきたって話でしたがね」

「あちらは酷かったんだよな。道に死人が山積みになっていたって聞いたぜ」

「ええ。そこから売られてきたって話を聞きやしてね、なんだか切なくなっちまったもんです。美しく着飾ってはいるけれど、あそこまでいくには、たいへんな苦労があったんだろうな、ってね。天女の如き綺麗な女の裏にある、哀しみや涙みてえなものが見えちまいやして。……いや、あの女の肩を持つ訳ではありやせんがね」

頭を掻く寅之助に、隼人はお茶を啜って淡々と返した。

「親分みたいにあっさり騙《だま》される男は少なくないんだろうな、ってことは分かったぜ」

「旦那、そんな……お人の悪い」

項垂れる寅之助を見やり、隼人は薄ら笑いを浮かべる。寅之助は姿勢を正した。

「このままではわっしの男が廃《すた》りやす。近いうちに吉原へ繰り出して、かつての浮橋花魁に纏《まつ》わる話を、聞きつけて参りやすよ。情け容赦なく、調べて参りやす」

「うむ。それでこそ親分だ。頼んだぜ」

隼人は寅之助の肩を叩く。寅之助は盛田屋の者たちと時折吉原へ赴くのだが、若い衆を遊ばせてやるのが目的で、自分はその間、妓楼《ぎろう》の主人や女将と話し込んでいるのが常である。そのことは、隼人も知っていた。

「悪いことは言わねえ。褒める女は、かみさんだけにしとけ」

「はい。あいつを怒らせたら、ことですからね。若い衆を前に、猫に引っかかれたなんて言い訳じゃ、済みやせんよ」

「おう。いつか、目の周りを真っ青にしてたことがあったもんな。泣く子も黙る寅之助親分が、唯一勝てねえのがかみさんだ」

豪快に笑う隼人を、寅之助は恨みがましい目で見た。


半太と亀吉は懐手で、錦絵通りの見張りを続けた。錦絵通りは約百六十間（約二九一メートル）ほどで、浅草寺の仲見世通りより長い。今までの事件に関わりのあった、呉服問屋、櫛問屋、旅籠には特に注意しつつ、二手に分かれて様子を窺っていた。

昼飯刻になる頃、二人はいつものように荒物屋の近くで落ち合い、摑んだことを報せ合った。

「あの櫛問屋の娘、祭で踊ることをまだ諦めていないようだぜ。来年に向けて、親が今から根回ししてるってよ」

「稽古仲間だったお圭が亡くなっても、まったく悲しんでいないようだね」

「それどころか、あいつら、生き生きとしていやがる。けっ、そこまでして踊りてえもんかな。男のあっしには、ちっとも分からねえや」

亀吉は忌々しげに舌打ちし、半太は溜息をつく。そこへ、昼飯を食べにいく男たちが通りかかった。話していることが聞こえてくる。

「しかし鶴乃太夫《つるのたゆう》って、本当に綺麗だよなあ」

「江戸にいる間、俺、何度でも観にいっちゃうぜ」

「旅芝居の一座に置いておくのが惜しいよな」

「あんな舞を舞える美人は、江戸にもなかなかいねえよ」

「舞姫って謳われるだけあるよな」

好き勝手なことを言いながら、男たちはぞろぞろと蕎麦屋へ入っていった。

半太と亀吉は顔を見合わせる。

「なんだか近頃、よく聞こえてくるな」

「鶴乃って女の噂、皆、してるね。男たちは特に。そんなに綺麗なのかな。踊りの上手な女って、やっぱり魅力があるんだね」

皆の噂によると、鶴乃は今、浅草寺の仁王門《におうもん》の近くに建っている芝居小屋で、踊りを披露しているようだ。鶴乃が艶やかに舞う姿はまさに天女の如しで、多くの観客を集めて、あちこちで評判になっているらしい。鶴乃は、旅芸人〈紅鶴《べにつる》一座〉の看板なのだろう。

亀吉は眉を掻いた。

「好きで踊っていて、そんなふうに話題になるならいいけどよ。人を陥れてまで自分が踊ろうとするんじゃあ、醜いだけだわな。そんな奴の踊りが、美しい訳がねえよ」

「兄貴、いいこと言うねえ。確かに、そうだ。仕事が暇になったら、鶴乃太夫を見にいこうよ。それまで江戸にいてくれるといいけどなあ」

「せっせと働いて、さっさと下手人を挙げちまうか。麗しの舞姫を見るためによ」

二人は目と目を見交わし、笑みを溢れさせる。半太は懐手で飛び跳ねた。

「さすが兄貴、そうこなくちゃ。よし、おいら、熱心に働いちまう」

「でも、いいのかよ。お前にはお初ちゃんがいるじゃねえか」

「いいって！　それとこれとは話が別よ」

などと言って笑っていると、後ろから聞き覚えのある声が響いた。

「あら、なにやら楽しそうだこと」

「お昼、持って参りました」

驚いて振り返り、半太は腰を抜かしそうになった。お竹と一緒に、お初が立っていたからだ。

「どっ、どうしてここに」

お竹は咳払いをした。

「せせらぎ通りのために働いてくださっているお二人に、せめて差し入れぐらいは、させていただきたくて」

「どうぞ」

お初が風呂敷を開き、二人に竹皮包みを渡す。半太はそれを手に暫し呆然としていたが、亀吉は早速開いた。ほぐした鯖《さば》を混ぜた握り飯と、炒めた大根の葉を混ぜた握り飯がそれぞれ二つずつに、玉子焼き、沢庵だ。亀吉は鯖の握り飯を摑み、勢いよく頰張った。

「ありがたいっす。こちらの弁当は、やっぱり最高っすよ」

相好《そうごう》を崩す亀吉を見て、お竹とお初も笑みを浮かべる。

「喜んでもらえてよかったわ。……ねえ、ところで」

お竹は急に顔を引き締め、声を潜めた。

「女将に訊いてきてと頼まれたんだけれど、二番目に殺された西村屋さんとかつて張り合ったという、呉服問屋のご主人。あの方、あれからまだ妾のお染と会っているの？　あの二人って、西村屋さんが生きていた頃から、陰で続いていたのかしら」

するとと半太が答えた。

「いえ、西村屋のご主人が生きていた頃は、あの二人の縁は切れていたみたいですよ。どうも、亡くなってから縒りが戻りつつあるようです」

「っていいやすか、お染のほうはそうしたいみたいですが、呉服問屋のご主人はあまり乗り気ではないみたいで」

「おいらたちが見張っている限りでは、あの二人が西村屋のご主人亡き後に会ったのは、二度ほどですから」

「お染のほうは金目当てで再び近づくも、呉服問屋のご主人は、再び会ってはみたものの既に冷めちまっていたのではねえかと」

半太と亀吉の話を聞き、お竹は目を瞬かせた。

「とすると、あの二人が謀《はか》って西村屋さんを殺めたというのは……」

「その線は恐らくないかと」

「呉服問屋のご主人が一人でやったってこともないでしょう。何年も恨みを引きずっていたようには見えません」

「ならば西村屋さんの一件は、やはり強盗の仕業だったのでしょうか」

お初も口を挟んできて、四人は目と目を見交わす。お竹は襟元を直しつつ、話を変えた。

「ところで、風月香って旅籠は、どこにあるのかしら」

半太が指を差しつつ、場所を教えた。

「あの先です。甘味屋の前にあります」

「分かったわ。じゃあ、ちょっと様子を見てくるわね」

半太は目を丸くした。

「え、本当に見にいくんですか」

「ええ。やっぱり気になるもの。どんなところか。お初はここで待っていなさい」

お竹は言うなり、歩き始める。その背に向かって、半太は小声で告げた。

「お気をつけて」

お竹はそっと振り返り、頷いた。

「大丈夫。お初を見ていて」

「あ、はい」

お竹は再び頷き、急ぎ足で進んでいった。

その後姿をぼんやりと眺める半太を、お初は肘《ひじ》で突いた。

「半太さんもお弁当食べてください。大根の葉のほうは、私が握ったんだから」

「あ、うん。いただくよ」

半太はようやく包みを開け、握り飯を頬張った。胡麻油で炒め、醤油と味醂《みりん》で味付けした大根の葉はなんとも芳ばしく、食が進む。半太もあっという間に一つを平らげた。

「ああ、旨かった。お初ちゃん、握るの上手だな」

お初は照れくさそうに笑った。

「よかった。半太さん、私が作ったおにぎり、もう食べてくれないと思ったから」

「どうしてそんなことを思ったんだい」

お初は唇を尖らせた。

「半太さん、私に飽きちゃったのかな、って。だって、さっき二人で話していたでしょう。舞姫がどうとか、こうとか」

半太は目を見開いた。

「勘違いだよ、お初ちゃん。仕事の話をしてたんだよ」

「そうかしら。そのようには聞こえなかったけれど」

「勘違いだって！　……ねえ、兄貴からも何か言ってやってくださいよ」

半太が半泣きのような顔で見るも、亀吉はしらんぷりだ。お初はいっそう半太に迫った。

「舞姫っていうと、芝居小屋かどこかで踊っている女《ひと》なんでしょう。ねえ、なんていう名前で、どこの小屋に出ているの？」

半太は恨めしそうに亀吉を見る。亀吉は薄ら笑いを浮かべて、我関せずといったように、ひたすら握り飯を食べている。お初は「ねえ」としつこく食いついてくる。半太はついにキレた。お初をじろりと睨み返す。

「おいらだって知っているんだぜ、お初ちゃん。先月の終わり頃、女将さんから許しを得て、お栄ちゃんと一緒に相撲の稽古を見にいったんだってな。両国《りょうごく》の相撲部屋に。黄色い声を上げて、木曾川《きそがわ》と皆子山《みなこやま》を応援してたっていうじゃねえか」

その二人の力士は、桜の季節に雪月花に泊まりにきて、お初たちと親しくなったのだ。今度はお初が目を見開いた。

「どっ、どうしてそれを」

「番頭さんに聞いたんだよ。ふん、おいらが知らないとでも思っていたのか」

お初はぐうの音《ね》も出ないといったように、立ち竦む。半太はお初の前に立ちはだかった。

「おいらはな、知っていても今まで黙っていてやったんだ。力士に声援を送るのも、よい気晴らしになるだろうと思ってな。大目には見るぜ。でもな、お前にはおいらってもんがいるんだから、あまりふらふらするんじゃねえぞ。分かったか、お初！」

思いがけず男気を見せた半太に、今度は亀吉が目を見開く。お初、と呼び捨てにしたからだ。亀吉は握り飯にかぶりつきながら、叫んだ。

「お前ら、もはや、そういう仲かい？」

お初は胸を押さえて、息苦しそうに答えた。

「い、いいえ。呼び捨てにされたのは初めてで。どうしよう。なんだか、どきどきします」

お初の目もまん丸になっている。半太は腕を組み、お初を見た。

「人は誰しも、失敗や失言はある。相手の落ち度ばかり責めてはいけねえぜ。お互いが成長し合い、信じ合っていかねえとな」

格言めいたことをすらすらと口にする半太に、亀吉は驚き、お初は目を潤ませる。

「はい。半太さんばかり責めて、ごめんなさい。……なんだかヤキモチ焼いちゃって」

素直なお初に、半太の面持ちも緩む。

「分かってくれりゃ、いいさ。おいらも気をつけるよ」

よい雰囲気の二人を、亀吉はにやけながら眺めていた。

半太も食べ終わった頃、お竹が険しい顔つきで戻ってきた。

「どうでした」

「やっぱり、なんだか様子が変ね。まともな旅籠なのかしら」

お竹が首を捻る。

「あの仲居たちを見やしたらね。飯盛《めしも》り宿《やど》みてえなものを思い出しちまいやすよね」

「まあ、それならばまだいいけれど……もしや盗賊たちの江戸での隠れ宿になっているとかさ」

「盗人宿《ぬすっとやど》ってことですか」

半太が身を乗り出す。お竹は頷いた。

「なんとなくね、そういう臭いがしたのよ。あの女将ってのも、なにやら怪しい。女狐《めぎつね》というか、白蛇というか。物《もの》の怪《け》かもしれない、あれは」

「怖いですね」

お初が肩を竦める。お竹は溜息をついた。

「でも繁盛しているようだった。これからは、ああいう旅籠が人気になるのかしら。なんだか、考えちゃうね」

半太はお竹に微笑んだ。

「ご心配なく。旦那もよく言ってますもん。おたく以上の旅籠は、そうそうあるものじゃない、って」

「あっしもそう思いやす。一時的に流行《はや》る旅籠と、長い間お客さんに愛され続ける旅籠の二つがあるとすれば、明らかにあそこは前者、おたくは後者ですもん」

半太と亀吉が、雪月花の名を出さないようにして話しているのは、この通りのどこで誰が、耳を欹《そばだ》てているか分からないからだ。

二人の励ましに、お竹の顔が少し和らいだ。

「ありがとう。元気が出たわ。お客様に長く贔屓にしていただけるよう、頑張らないとね」

「その意気ですよ」

「期待しておりやす」

「私も精一杯、努めます」

お初は笑顔で応えた。

お竹はお初と一緒に、雪月花へ戻っていった。

半太はお初に先手を打たれて、舞姫への興味は薄れてしまったが、亀吉はやはり気になるようだった。雪月花から差し入れがない時は、昼餉の休憩を交替で半刻ずつ取っているのだが、亀吉は蕎麦か饂飩でさっさと済ませ、残りの時間は浅草寺の小屋の辺りをうろうろして過ごした。

ちょうどその刻には昼の興行をしていて、葭簀《よしず》の隙間からそっと覗くと、舞姫の姿が見えた。鶴乃は白い水干《すいかん》に紅 袴《くれないのはかま》、烏帽子《えぼし》を身に着けて、白拍子《しらびょうし》の舞を優雅に舞っていた。鶴乃はすらりと背が高く、目鼻立ちがはっきりとして、白桃色の肌には艶があり、まさに天女のような光を放っている。

亀吉は覗き込みながら、すっかり目を奪われてしまった。

――確かに、江戸にもあんな女は、そうそういねえぜ。

優男の亀吉は、半太と違って女慣れをしているが、鶴乃はその亀吉さえも見惚れさせてしまう。艶やかな白拍子《しらびょうし》の衣装が、鶴乃をいっそう輝かせていた。

鶴乃は右手に扇子、左手には拍子木のようなものを持っていた。だが拍子木よりは小さい。それを二つ手にして、重ねて打ち鳴らしながら舞っている。左右それぞれ異なる器用な手の動きに、亀吉は感嘆した。

――女が拍子木みてえのを鳴らしながら踊るのは、初めて見るような気がするぜ。近頃、流行っててんのかな。それとも、歌舞伎にはああいう踊りがあって、真似したんだろうか。

響いた。

鶴乃は演奏に合わせて、調子よく打ち鳴らす。その音は、亀吉の心に鮮やかに響いた。

鶴乃は予想以上に麗しく、その姿が目に焼きついて、亀吉は恋焦がれるようになってしまった。昼餉をさっさと済ませては、浅草寺に駆けつける日々だ。ついに葭簀の隙間から覗くだけでは飽き足らなくなり、木戸銭を払って、中に入って見た。近くで見ると、鶴乃はいっそう魅力に溢れていて、亀吉の頰に薄《う》っすら血がのぼった。

白い水干と紅袴の色合いは、鶴乃の清楚さと艶やかさの、二つの面を表しているようだ。鶴乃が舞うと、風が起きるのを感じた。その香《かぐわ》しい風に巻き込まれてみたいものだと、亀吉はうっとりと目を細める。

鶴乃の舞は、踊りに詳しくない亀吉の胸にも迫ってくる。鶴乃は踊ることが心底好きなのだろうと、亀吉は思った。

二

神無月も終わりに近づいている。せせらぎ通りでの事件はひとまず止んでいたが、下手人はまだ捕らえられていなかった。

半太と亀吉は、木戸が開いてから閉まるまで、錦絵通りの見張りを続けていた。だが、怪しいと思われる風月香、呉服問屋、櫛問屋の者たちはいずれも、なかなか動きを見せない。焦《じ》れつつも熱心に張り込む日々の中で、亀吉の唯一の楽しみは、休憩の時に浅草寺へひとっ走りして、舞姫を拝むことだった。

その日も亀吉は小屋へ駆けつけたが、やけにひっそりとしていた。どうやら今日は興行が休みのようだ。亀吉は肩を落とし、空を仰いだ。寒さが増すにつれ、空がいっそう高く見えるのは、澄んでいるからなのだろうか。亀吉は眩しさに目を細め、大きく伸びをした。

錦絵通りに戻ろうかと思ったが、なにやら心残りで、亀吉は仁王門前をぶらぶらしていた。もしや鶴乃に会えるかもしれないと、淡い希《のぞ》みを抱きながら。

白髪頭の老夫婦や、幼子の手を引いた若い母親が、和やかな笑みを浮かべて仁王門を潜《くぐ》っていく。今年は弥生に大火が起きて、浅草のほうにまで影響を及ぼしたが、その爪痕《つめあと》もだいぶ癒《い》えていた。

長閑《のどか》な陽射しが降り注ぎ、なにやら眠気が差して、亀吉は目を擦って欠伸をした。

すると、紅鶴一座の旗が揚げられた小屋から、鶴乃が出てくるのが目に入った。茄子紺《なすこん》色の地味な着物を纏い、化粧も控えめだが、亀吉が見間違うはずもない。鶴乃は、仁王門とは反対の雷門《かみなりもん》に向かって歩いていく。

——どこへ行くのだろう。

休憩の時間は終わりに近づいている。錦絵通りに戻って半太と交替しなければならないと分かっていながらも、亀吉は何かに突き動かされるように鶴乃の跡を尾けていった。

鶴乃は仲見世通りを通り過ぎ、雷門を出て、吾妻橋のほうへと歩いていった。そこから舟に乗り、大川《おおかわ》を下っていく。ちなみに吾妻橋から上流は隅田川、下流は大川と呼ばれている。

亀吉も舟に乗り、船頭に告げ、気取《けど》られぬよう少し後から尾けてもらった。半纏に首を埋め、亀吉は鶴乃の背中を追い続ける。

鶴乃は赤羽橋《あかばね》で降り、両側に寺院が並ぶ通りを歩いていった。瑠璃光寺《るりこうじ》の前に来ると立ち止まり、門の奥を真っすぐに見つめた。

亀吉は少し離れたところで様子を窺いながら、首を傾げた。

——この寺は確か、三郎兵衛の菩提寺だ。葬式の時に来た。

鶴乃はいったん離れて、その近くで供花と線香を買い、瑠璃光寺の中へと入っていった。亀吉は少し後から、鶴乃の姿を追いかけた。境内《けいだい》には、枯葉を落とした木々の濃い影が重なり合って延びている。鶴乃は僧房に立ち寄り、何か訊ねているようだった。それから鶴乃は白い菊の花を抱えて、墓地へと向かった。

眠っている者たちの名前を確認しながら進み、ある墓の前で、鶴乃は立ち止まった。花を供え、線香を灯し、懐から数珠《じゅず》を取り出す。身を屈めると、墓に向かって、数珠をかけた手を合わせた。

亀吉は木陰から、その様子を窺っていた。雲一つない澄んだ空に向かって、線香の白い煙がゆらゆらと立ち上っていく。亀吉には、鶴乃の目に涙が光っているように見えた。

鶴乃は身を屈めたまま、弔い続ける。鶴乃がお参りしているのは三郎兵衛のお墓だと、亀吉は気づいていた。

鶴乃はお墓の前で幾度も頭を下げ、ようやく腰を上げた。その後姿は、踊っている時とは別人のように、侘《わび》しく頼りなげだ。強い風が吹き、鶴乃の華奢《きゃしゃ》な躰が揺れた。倒れそうになったところを、亀吉が飛び出して支えた。

「大丈夫ですか」

「はい。すみません……」

鶴乃の顔は、微かに青褪めている。

「少し休んだほうがいいですぜ」

「いえ。そろそろ戻らなければなりませんので。ちょっと、ふらりとしただけです。もう治りました」

鶴乃は亀吉に、弱々しく微笑んだ。鶴乃の少し緑がかった目で見つめられると、亀吉はなにやら堪らない気持ちになった。無言で見つめ返す亀吉に、鶴乃は繰り返した。

「本当に、もう平気です。ご心配おかけしました」

我に返り、亀吉は鶴乃から手を離した。

「あ、いえ。くれぐれもお気をつけください」

「ありがとうございます」

鶴乃は小さく会釈し、立ち去ろうとする。亀吉はお墓に目をやりながら、思い切って訊ねた。

「三郎兵衛さんのお知り合いですか」

鶴乃はびくっとしたように立ち止まり、振り返った。二人の目が合う。鶴乃からは、憂いのある美しさが、匂い立っていた。

「昔……お世話になったことがありますので、お参りさせていただきたくて」

「どんなことですかい」

鶴乃はそっと目を伏せた。

「急いでおりますので、これで」

「送っていきやしょう」

亀吉が呼び止めるも、鶴乃は逃げるように足早に去っていく。亀吉は敢えて追いかけず、その後姿と、お墓に供えられた菊の花を、暫し交互に眺めていた。

錦絵通りに亀吉が戻ると、半太が頰を膨らませて怒った。

「兄貴、どこに行ってたんだよ。もう八つ半じゃねえか。おいら腹がペコペコだ」

「悪《わり》い、悪い。今日は奢《おご》るからよ、これで大目に見てくんな」

亀吉は巾着《きんちゃく》から、天麩羅《てんぷら》蕎麦としっぽく蕎麦が食べられる分の銭を取り出して、半太に渡した。それを受け取り、半太は頬を緩める。

「いいのかい兄貴、もらっちまっても」

「もちろんよ。ほら、気が変わらねえうちに、さっさと食ってきな」

「ありがてえ。じゃあ、ちょっくら行ってくるよ」

半太は亀吉に目配せし、駆け出す。蕎麦屋に飛び込む姿を眺めて、亀吉は鼻を擦った。

「よほど腹が減ってたんだな」

蕎麦屋からは、旨そうな汁の匂いが、亀吉のところにまで漂っていた。


その夜、見張りを終える頃、お竹が二人を呼びにきた。

「女将さんがね、五目飯を作ったからよかったら食べにきませんか、って」

「おおっ、それはありがてえ」

「この刻限になると、もう腹が空いちまって。喜んで伺います」

亀吉と半太は嬉々として答える。

「沢山食べて、精力つけてよ。鶏肉も入っているからさ」

「早速いきやしょう」

「肉を食うと、躰が温《あつた》まりますよね」

日中は陽が照っていても、さすがに夜は冷え込む。二人はお竹を挟んで、懐手で歩いていった。


雪月花に着くと、半太と亀吉は広間へ通され、囲炉裏にあたりながら夕餉を馳走になった。人参、牛蒡、椎茸、蒟蒻、鶏肉が入った五目飯は、彩りといい匂いといい、大いに食欲を誘う。

「旨いっ」

笑顔で頬張る二人を、里緒とお竹は目を細めて眺める。膳には、蓮根と油揚げの味噌汁、鶏団子も並んでいた。鶏団子とは、細かく潰した鶏肉と豆腐と刻んだ葱を混ぜ合わせて形作り、片栗粉を塗《まぶ》して揚げたものだ。生姜醤油を垂らして食べると、いっそう美味である。

半太と亀吉はそれらを夢中で味わうと、膨れたお腹をさすりながら、お茶を飲んだ。一息ついたところで、亀吉は今日見かけたことを里緒たちに報せた。浅草寺の小屋に出て話題になっている舞姫の跡を尾けていったら、向かった先は三郎兵衛が眠る墓地で、熱心に墓参りをしていたということを。

話し終えると、亀吉は半太に改めて謝った。

「そういう訳だったんだ。すまなかった」

「兄貴、水臭いです。正直に言ってくれれば、おいら、怒ったりしなかったのに」

亀吉は苦笑した。

「言い難いぜ。事件に何も関係してねえような女の跡を興味があって尾けていった、なんてよ」

「そうしたら、事件に関わりのあった三郎兵衛さんのお墓に行きついてしまったのね」

里緒は尖った顎に指を当て、勘を働かせる。

――もしや、その女《ひと》が、十年前に三郎兵衛さんがうちに連れてきた娘さんだったのでは。

里緒は姿勢を正して、亀吉に告げた。

「隼人様に伝えていただけないかしら。どうしてもお話ししたいことがあるので、雪月花にお越しくださいと、私が言っていたと」

「かしこまりやした。必ずお伝えいたしやす」

亀吉は里緒の目を見て、頷いた。

三

次の夜、隼人が雪月花を訪れた。里緒はいつものように三つ指をついて迎えた。

「早速、ありがとうございます」

「こちらこそ無沙汰していて悪かった。上がるぜ」

五つ過ぎ、仕事が一段落する頃だ。里緒は隼人を、自分の部屋へと通した。

「もう神無月も終わりだ。めっきり寒くなってきたな」

炬燵の中の火鉢に手をかざし、隼人は息をつく。牡丹柄の炬燵布団からも、甘く清らかな香りが漂っていた。

里緒は部屋を離れて板場に行き、用意しておいた料理とお茶を持って戻った。

「雪花菜《おから》のお饅頭でございます。召し上がってみてください」

緑色の皿に載った、薄黄色の饅頭を眺め、隼人は唇を舐めた。

「へえ、雪花菜でできているのかい」

「そうなんです。雪花菜と片栗粉にお砂糖を少々混ぜて皮を作り、餡《あん》を包んで蒸し焼きにしました」

「なにやら躰によさそうな饅頭じゃねえか」

「はい。この刻限に召し上がっても、もたれることはないと思います」

「そりゃありがてえ」

二人は微笑み合う。隼人は雪花菜饅頭を頬張り、相好を崩した。その優しい味わいには、隼人の躰を気遣ってくれる、里緒の心が表れているかのようだ。里緒の思いやりに感謝しつつ、隼人は一つをゆっくりと丁寧に味わった。

「申し訳ねえなあ。なかなか解決できねえのに、いつも馳走になっちまって。せせらぎ通りに関わることだってのにな」

「錦絵通りの人たちは、どうなのでしょう」

「うむ。……半太と亀吉にずっと見張らせているが、まだ動きはねえなあ。あの旅籠の女将が何かやるんじゃねえかと様子を見ていたが、今のところはおとなしい。呉服問屋の主人にも、櫛問屋の家族にも別段変わった様子はねえ。すると、せせらぎ通りの者たちを殺《あや》めたのは、単なる物盗りだったとも考えられる。盗賊も洗っていて、気になる奴らはいるのだが」

「どのような者たちですか」

「うむ。貧しい公家《くげ》どもが集まって、盗みを繰り返しているんだ。拠点は京《きょう》なのだが、江戸にもたまに現れるらしい」

「まあ、お公家さまの盗賊がいるのですか」

里緒は目を見開く。

「結構、荒々しいことをやっているようだ。公家でも下のほうならば、石高が五十石、三十石なんてのもいるからな。そういう奴らの中には、破落戸《ごろつき》まがいのことをして稼いでいる者もいるんだ」

「その者たちを追っているのですね」

「うむ。だが、なかなか姿は現さねえなあ。やはり執拗《しつよう》に見張りを続けて、何か動きがあった時に飛び出して捕まえるしかねえだろう」

錦絵通りには半太と亀吉が、せせらぎ通りには寅之助の子分たちが入れ替わり立ち替わり目を光らせている。

「三郎兵衛さん、西村屋のご主人、お圭さん。殺められた三人には、何かの繋がりがあったのでしょうか。それとも特になかったのでしょうか。たまたま、この通りに関わっていた人々だった、と」

「そこなんだよなあ。互いを特に知っていた訳でもなさそうだしな。三郎兵衛が殺された時、西村屋の主人にも訊ねたけれど、三郎兵衛のことをまったく知らないようだった。西村屋の主人とお圭にも、何も関わりはねえしな。互いに顔ぐらいは知っていたかもしれねえが」

「でも、その三人にそれぞれ関わっていた者たちが、揃って錦絵通りにはいたと。それで、あの通りが疑われたんですよね」

「そうだ。おまけにあそこの通りには、なんとも胡散臭《うさんくさ》い店がちらほらあるからな。それでさらに印象が悪くなっちまって、いっそう疑いがかかったって訳だ」

里緒は熱いお茶を啜って、息をついた。

「風月香の女将さんは、かつては名高い花魁だったと聞きました、寅之助親分から」

「うむ。親分にちょいと調べてもらったが、あの佐紀って女将は花魁だった頃、三人の男に首を括《くく》らせているみてえだ」

「ええっ。それは、花魁にお金をすべて巻き上げられてしまったからですか。一文無しになって、絶望のあまりに？」

「いや、金のことも多少はあったかもしれねえが、もっと単純なことだ。花魁に入れ込んじまったのに、本気で相手にされている訳じゃねえと悟っちまって、虚《むな》しくなったみてえだぜ」

「まあ」

「男の心だけでなく命まで奪っちまうとは、手練手管《てれんてくだ》にどれほど長《た》けているんだって話だ。まったく恐ろしい女だぜ」

里緒は上目遣《うわめづか》いで隼人を見た。

「でも……男の人って、そういう女の人、お好きじゃありません？　それだけの魅力があるってことですものね。隼人様も、本当はそういう女に、弄《もてあそ》ばれたいのではありませんか」

隼人は鼻で笑った。

「生憎《あいにく》だが、蛇みてえな女はお断りだ。兎みてえな女がいいんだ、俺は」

隼人に見つめられ、里緒はそっとうつむく。里緒の白い頰が仄《ほの》かに染まった。

お茶を注ぎながら、里緒はさりげなく話を変えた。

「ところで、亀吉さんからお伺いになっておりますでしょう。浅草寺の小屋で踊っていらっしゃる、鶴乃さんのことを」

「ああ、聞いてるぜ。三郎兵衛の墓参りにいったんだってな」

里緒は隼人に、自分の推測を告げた。三郎兵衛が十年前にここに連れてきた娘が、鶴乃だったのではないかと。隼人は腕を組んだ。

「もしや、そうだったのかもしれねえな。すると、その当時も、鶴乃は旅芸人だったのだろうか。江戸に来ていて、何かの縁で三郎兵衛と知り合い、何かの訳があってここに暫くいたのだろうか」

「隼人様、鶴乃さんに会いにいらっしゃいますか」

「うむ。一度話を聞いてみようとは思っている。三郎兵衛に関わりがあったのだからな」

里緒は身を乗り出し、大きな目で隼人を見つめた。

「私も、鶴乃さんを一度見てみたいのです。鶴乃さんが踊っている姿を。隼人様、お願いです。浅草寺の小屋に、私を連れていってくださいませんか」

隼人も里緒を見つめ返す。少しの間の後、隼人は答えた。

「いいぜ。一緒に見にいこう。吾平とお竹がいるのだから、旅籠のほうは大丈夫だよな」

里緒は笑顔で頷いた。

「あの二人に任せておけば、大丈夫です。それに……私だってたまには踊りを観にいったりしたいですもの」

「そうだよな。毎日女将として働いているんだ。時には息抜きも必要だぜ」

「仰るとおりです」

静かな夜、二人は笑い声を立てる。

「里緒さんは踊りを習っていたというからな」

「はい。だから、鶴乃さんの踊りを観れば、何かが分かるような気がするのです」

里緒は華奢な指を顎に当て、大きく瞬きをした。


次の日の四つ過ぎ、発つお客を見送った頃、隼人が迎えにきた。芝居小屋の昼の部が始まるのが九つ（正午）なので、少し余裕を持った。

隼人は吾平とお竹に頭を下げた。

「忙しいところ悪いが、里緒さんをちょっと借りるぜ」

「どうぞどうぞ。お返しは今日でなくても構いません」

「うちもこのところ、お客様が多い訳ではありませんからね。私たちだけでも充分やっていけますので」

　隼人は眉を擦った。

「何を言ってんだ。里緒さんはここの看板女将じゃねえか。里緒さんの不在が続いたら、お客がますます減っちまうだろうよ」

「そりゃそうですけどね。二、三日なら大丈夫ですよ。なんなら旦那、このまま女将と一緒に湯治にでもいってみたら如何でしょう」

「あら、いいわねえ。この時季、温泉なんて最高じゃないの。旦那、女将と温もっていらっしゃれば」

　二人にじっと見つめられ、隼人の頰が仄かに赤らむ。そこへ身支度を整えた里緒が、自分の部屋から出てきた。

「隼人様、本日はよろしくお願いいたします」

　里緒は笑みを浮かべて、礼をする。その姿に、隼人は目を瞠った。里緒は白と黒の千鳥格子の着物を纏い、くすんだ紅色の帯を結んでいる。半襟も紅色なので、美しい顔立ちがいっそう華やいで見える。里緒は漆黒の艶やかな髪に鼈甲《べっこう》の簪を挿し、唇は真紅に彩っていた。

　隼人は言葉を失い、里緒に見惚れる。吾平とお竹は含み笑いで、目配せをした。

「旦那、女将を頼みますよ」

「旦那とお出かけするっていうんで、女将、めいっぱい洒落込んだのですから」

「もう、お竹ったら」

里緒は唇を尖らせて、お竹を軽く睨む。隼人は頭を掻いた。

「里緒さん、そういう柄の着物も似合うな。いつもとは雰囲気がちょいと違って、なんていうか……」

里緒は、目を合わそうとしない隼人に微笑み、上がり框を下りて、草履を履いた。手に持った羽織を広げると、お竹が着るのを手伝った。銀鼠《ぎんねず》色の羽織を纏うと、華やかでありながらも落ち着いた趣になる。同心姿の隼人と一緒に歩くには、このような装いがよいと、里緒は考えたのだ。

里緒は隼人の肩にそっと触れた。

「では参りましょう」

「おう。よろしくな」

玄関を出ようとする二人に、吾平とお竹が声をかけた。

「お似合いですぜ」

「ゆっくり楽しんでいらしてください」

里緒と隼人は振り返り、照れた笑みを浮かべる。するとお栄とお初も出てきて、声を弾ませた。

「女将さん、素敵です」

「お気をつけて」

里緒は少し困ったような顔をした。

「別に遊びでいく訳ではないのよ」

「いや、充分そういった雰囲気です」

吾平が口を出すと、里緒は含羞《はにか》み、お竹たちは笑った。するとお栄とお初の後ろから、幸作が声をかけた。

「あ、女将さん。お帰りになったら、また試食をお願いします」

幸作が些か素《そ》っ気《け》ないのは、憧れの里緒が隼人と一緒に出かけるのが面白くないからだろう。里緒は笑顔で答えた。

「分かりました。少しの間留守にしますが、皆さん、後をよろしくお願いね」

「はい。お気をつけていってらっしゃいませ」

雪月花の皆に見送られ、里緒と隼人は浅草寺へと向かった。吾平とお竹は目配せを交わし、頷き合う。さっき里緒がお竹をさらりと呼び捨てにしたことを、二人とも聞き逃してはいなかった。


よく晴れた空の下、二人は時折微笑み合いながら、並んで歩いた。

店の前を箒で掃いていたお蔦が、二人を見かけると、目を丸くした。

「あら、ご一緒にお出かけ？」

「ええ……山川様にお力添えすることがありますので」

里緒が見上げると、隼人は頷いた。

「通りの纏め役を、少しの間借りるぜ。午後にはお返しするのでな」

「さようですか。……どうぞ、お気をつけて」

お蔦は丁寧に一礼するも、頭を上げた時に、里緒に向かってにやりと笑った。

すると、せせらぎ通りを抜ける時にも、見張りを務めていた盛田屋の磯六に驚かれた。

「旦那と女将さん、これから二人で逢引きですかい」

閑散とした通りに磯六の声が響き渡る。隼人は顔を顰《しか》めた。

「磯六、おめえ、声がでか過ぎるぜ。もっと静かに喋れ」

磯六は両手で口を押さえる。

「あ、すみやせん。吃驚《びっくり》したんで、つい」

「山川様の探索にお力添えするのよ」

「そういう訳だ。じゃ、ちょいといってくるぜ」

「あ、へい。いってらっしゃいやし！」

隼人と里緒は、磯六に会釈をして通り過ぎた。

山之宿町から浅草寺の芝居小屋に行くには、随身門《ずいじんもん》から入るのが近い。だが二人は正式な入口である雷門まで歩き、そこから入ることにした。

隅田川沿いを並んで歩きながら、里緒はふと足を止めた。隼人も立ち止まる。

「どうした」

「散り紅葉の頃ですね」

向島の景色を眺めながら、里緒は大きく瞬きする。紅色の葉は殆ど落ちて、艶やかな色彩も、徐々に落ち着いてきていた。

「紅葉も来月の初めぐらいまでか。でも、冬枯れの風景ってのも悪くはねえな。俺は好きだ」

「私もです。枯れた枝に雪が降り積もっているのを見ると、心が和みます」

「侘《わび》しくねえんだよな、美しいんだ」

いていた。

隅田川が流れる音が、静かに聞こえる。穏やかな陽射しを受けて、川面が煌め

花川戸町を通り過ぎ、広小路へ出る。この辺りは行き交う人が多く、いつも賑わっている。雷門の前まで来ると、里緒は隼人に微笑んだ。

「雷門から入るのは、お正月にお詣りにきて以来です」

「近くに住んでいても、そんなものかい」

「ええ。浅草寺に来ることが、あまりないので。お竹たちはお使いの時などに、たまに寄っているみたいですが」

「里緒さんにとっては久しぶりの浅草寺か。よし、中に入ろうぜ」

里緒は隼人と一緒に、笑顔で雷門を潜った。ここから仲見世通りが延びていて、いろいろな土産物屋が並んでいる。浅草海苔を売っている店、手遊び屋（玩具屋）、煙管屋などだ。仏具屋や薬屋もあり、子供向けの赤本《あかほん》や黒本《くろほん》、浮世絵なども売られていた。

手遊び屋の店先に並べられた張子《はりこ》の狛犬に、里緒は目を細める。掌に載る大きさの狛犬は、特に愛らしい。もともとは子供の初宮参りに用いられるものだが、それが次第に、魔除《まよ》けや無病息災のお守りにもなっていた。

すると隼人が財布を取り出し、店の主人に言った。

「狛犬を二つ。一つずつ包んでくれ」

「はい。かしこまりました」

主人が狛犬二つを持って奥に行くと、里緒は隼人に頭を下げた。

「すみません。お気遣いさせてしまって」

「いいってことよ。せっかく一緒に来たんだ。里緒さんと、何か揃いの物でも持っておきたいと思ってな」

隼人は照れくさそうに微笑む。里緒も笑みを浮かべた。

「嬉しいです。隼人様とお揃いの狛犬、大切にします」

「里緒さん、犬は好きかい」

「はい。大好きです。……でも、旅籠のお仕事をしておりますと、なかなか飼えなくて」

「客の中には、犬が苦手という者もいるだろうからな」

「そうなんです。隼人様も犬がお好きですか」

「ああ、俺も大好きだ。でも飼ってはいねえ。俺も仕事が忙しくて、なかなか世話ができそうにもねえし。下男と下女に任せきりになりそうだ。日暮里にいる母上は飼っているけどな」

「お母様、生き物のお世話がお好きなのですよね」

「うむ。いろいろ飼ってるぜ。ほかにも猫だの鶏だの。どの生き物も、丈夫で長生きだ。鶏も卵をよく産むぜ」

「お母様に飼っていただいて、生き物たちは皆、幸せなのでしょう。隼人様のお優しさは、お母様譲りなのですね」

「そうかな。俺には、意地悪なところもあるぜ。お熊のお節介が過ぎて煩《わずら》わしくなってよ。あいつがへそくりみてえに溜め込んで、密《ひそ》かに味わっていた草加《そうか》煎餅、全部食ってやった」

「まあ、お熊さん、怒りませんでした？」

「そりゃ怒ったさ。だから言ってやった。後の祭だ、食っちまったもんは返せねえ、ってな」

手遊び屋の店先で、隼人と里緒は笑い声を上げる。里緒は先ほどから気づいていた。時折吹いてくる風が今日はそれほど冷たく感じないのは、隼人が傍にいるからだろうと。

二人は主人から包みを受け取り、再び仲見世通りを歩いていった。

この通りは百三十九間（約二五三メートル）ほどなので、あまり長くはないが、のんびり見るにはちょうどよい。仁王門に近づくと、二十軒茶屋《にじっけんぢゃや》が見えてくる。この後ろで、小芝居小屋や寄席などが開かれているのだ。目当ての紅鶴一座の昼の興行まで、まだ少し時間がありそうだが、隼人と里緒は小屋まで一応行ってみた。すると亀吉が近くの銀杏《いちょう》の木の陰に身を潜めて、見張っていた。隼人は今日から、錦絵通りは半太のみで、亀吉にはこちらの小屋を見張らせることにしたのだ。隼人たちは近づいた。

「おう、お疲れ。どうだ、様子は」

「変わったことはありやせん。興行も刻限どおりに始まるみたいですよ」

「そうか。まだ少しあるな。茶でも飲んで待っているか」

亀吉は里緒を眺めて、にやりと笑った。

「お二人、お似合いと言えるような、言えないような、微妙な感じがいいじゃありやせんか。旦那と女将さんが並んでいやすと、なにやら武骨《ぶこつ》な熊と、いたいけな白兎みてえな趣で」

「なに言ってんだ。しっかり見張れよ」

隼人は亀吉の背中を勢いよく叩く。

「いてっ」

亀吉は顔を顰めて、隼人を恨めしげに見た。

青空の下で芝居小屋の幟《のぼり》がはためいている様を眺めながら、二人は二十軒茶屋が並ぶほうへと戻った。そしてその中の一つに、腰を落ち着けた。

葭簀張りの店の中は、美しい茶汲み女を目当てとする客で犇《ひし》めいていた。隼人と里緒は並んで床几に座り、貼ってある品書きを眺めた。

「俺はお茶とぜんざいにするか。……お、待て。柿団子って、どういうもんだろう」

「お団子の中に柿の餡が入っているのでしょうか」

「うむ。気になるから、それにしよう。里緒さんも同じのでいいかい」

「あ、はい」

お茶を運んできた茶汲み女に、柿団子も頼む。濃いめのお茶を啜って、二人は一息ついた。

「ここは賑やかだな」

「活気がありますね」

周りを見回し、二人は微笑み合う。柿団子が運ばれ、里緒は目を瞬かせた。

「まあ」

鮮やかな色の柿の餡が、白玉にかかっている。餡には柚子も混ぜているようで、香りもとてもよい。匙《さじ》で掬《すく》って味わい、里緒は顔をほころばせた。

「旨いかい」

「はい、とっても。爽やかな甘さで」

隼人も頬張り、相好を崩した。

「本当だ。これにしてよかったぜ」

二人は頷き合う。笑顔で柿団子を味わう里緒を眺めながら、隼人が不意に言った。

「里緒さんって、そうしていると、なにやらまだ幼い感じがするな」

里緒は顔を上げ、隼人を見つめた。

「え……そうですか」

「うむ。今まで、きりりとした、女将の顔の里緒さんしか知らなかったからな。幼いっていうか……可愛らしいっていうか」

隼人は頭を掻く。

「私、いつもと顔つきが違いますか」

「うむ、どこか違うぜ。笑顔も無邪気な感じだ」

里緒は胸元にそっと手を当てた。懐には、先ほど隼人が買ってくれた張子《はりこ》の狛犬が仕舞ってある。里緒は思った。これほど心が穏やかでいられるのは、どれぐらいぶりだろう、と。

食べ終えると、ちょうどよい頃だったので、二人は紅鶴一座の芝居小屋へと再び向かった。小屋の前では、一座の者が声を張り上げて呼び込んでいた。

「今話題の鶴乃太夫の、まさに鶴の如き優雅な舞いを、さあさあ、ご覧あれ！」

「すぐに満席になっちまうよ！」

隼人と里緒は、銀杏の木に隠れて見張っている亀吉に目配せして、小屋の中へ入った。


拍子木が打ち鳴らされ、まずは歌舞伎の《娘道成寺《どうじょうじ》》を模したような小芝居があり、それから鶴乃太夫の出番となった。

白拍子姿の鶴乃が舞台に現れると、観客たちは沸いた。すらりと背が高く、黒髪豊かで、健やかな白桃色の肌を持つ鶴乃に、誰もが目を奪われる。里緒もまた然《しか》りであった。

鶴乃は箏《こと》や鼓《つづみ》の伴奏に合わせ、しなやかに舞った。白い水干が揺れ、紅袴が悩ましげに翻る。鶴乃の踊りを眺めながら、里緒は思った。

——この女《ひと》の舞には、どうしてか紅《くれない》色の風を感じるわ。派手なお顔立ち、華やかな雰囲気だからかしら。

また、里緒も亀吉と同じく、鶴乃が手に持った小さな拍子木のようなものが気に懸かった。

鶴乃が踊っているのは、静《しずか》の舞《まい》を少し変形させたようなものだ。静の舞とは、かつて静御前が源《みなもとのよりとも》頼朝の命により鶴岡《つるがおか》八幡宮で披露した踊りといわれる。恋人だった義経《よしつね》と生き別れた後、憎き頼朝の前で、義経のことを切々と思いながら舞ったこの舞は、悲しげな情感に満ちていながらも、どこか女心の激しさをも感じさせる。

里緒も踊りを習っていた頃、静の舞を踊ったことがあるが、手に持った扇子の動かし方が難しかったのを覚えていた。その静の舞を、扇子だけでなく拍子木のようなものも持って踊ることが、里緒はなにやら不思議だった。だが鶴乃は、とても巧みにそれを打ち鳴らして舞うので、静の舞の魅力が損なわれることはなく、却って目新しさが醸し出されて、客たちは惹きつけられていた。

《吉野山《よしのやま》　峰の白雪　ふみわけて　入りにし人の　跡ぞ恋しき》

吉野での、義経と静御前の苦渋の別れを詠《よ》んだ唄が入る。鶴乃の情の籠った踊りに胸を打たれ、涙を拭う観客もいた。里緒には、鶴乃も舞いながら目を潤ませているように見えた。

　鶴乃の舞の後も演目はいろいろ続くようだったが、隼人と里緒は席を立った。小屋を出ると、隼人は亀吉に近づいた。

「鶴乃に三郎兵衛のことで話を聞いてみてえが、里緒さんを送り届けてからにするぜ」

　里緒は隼人を見上げた。

「私は一人で戻れますので、隼人様はお仕事を続けてください」

「いや、ちゃんと送らなければ、気が済まねえよ。雪月花の女将をお借りしたんだ、吾平やお竹にだって申し訳が立たねえ」

　亀吉が口を挟んだ。

「女将さん、送ってもらってください。鶴乃は、あっしがちゃんと見張ってますんで。今日は夜の興行もありやすし、鶴乃がここから離れることはないでしょう」

「夜はいつから始まるんだ」

「だいたい、六つ過ぎです」

「ならばその前に話を聞くことにするか。よし、亀吉、頼んだぞ。俺は里緒さんを雪月花に無事届けてくるからな」

「はい、こちらは任せてくだせえ」

亀吉がどんと胸を叩く。

隼人と里緒は雪月花に戻っていった。帰る時は雷門ではなく、随身門を抜けての近道を選んだ。隼人は空を見上げて呟いた。

「なにやら雲が広がってきたな。一雨くるかもしれねえ」

「先ほどまで、よいお天気でしたのに」

二人は空模様を窺いながら、歩を速めた。


雪月花に戻ったのは、八つ前だった。

「ただいま」

玄関で里緒が大きな声を出すと、帳場からすぐさま吾平とお竹が現れた。

「あら、もっとゆっくりなさってくればよかったのに」

お竹が不満そうに口を尖らせると、隼人は頭を振った。

「いやいや、この旅籠の大切な女将に付き合ってもらったんだ。遅く帰したりしたら、申し訳が立たねえよ」

吾平が笑った。

「旦那のそういう真面目なところ、焦れったくもありますが、好ましくもありますよ。お疲れさまでした。お茶でも飲んでいってください」

「え、でも、忙しい時に悪いな」

躊躇《ためら》う隼人の目を、里緒は見つめた。

「お上がりください。鶴乃さんのことで、気づいたことをお話ししたいのです。お時間は取らせませんので」

「そうかい。……じゃあ、話を聞くとしよう」

里緒は頷く。隼人は雪駄を脱いで上がり框を踏み、里緒の部屋へと通された。

白檀の香りが仄かに漂う部屋で、隼人は里緒を少し待った。ちょうど新しいお客を迎え入れる刻限だからだ。務めを終えた里緒が戻ってくると、炬燵を挟んで二人は向かい合った。お栄が飲み物を運んでくる。

「冷えて参りましたので」

湯気を立てている甘酒を見て、隼人は目を細める。擂《す》りおろした生姜の香りが、ふんわりと漂った。それを味わいながら、里緒は隼人に推測を語った。

「鶴乃さんですが……もしやあの方は、異国からいらっしゃったのではないでしょうか。もしくは異国の人の血が混じっているとか」

「異国っていうと、清《しん》国あるいは朝鮮かい？　でも日《ひ》の本《もと》の言葉は話せるようだがな」

「この国に長く住んでいるのかもしれません。顔立ちや躰つき、雰囲気、そしてあの舞い方から、そのように直感しました。私は小さい頃から踊りを習っておりましたので、なんとなく気づいたのです。鶴乃さんの踊り方は、純粋な大和の舞踊ではないと」

「うむ。そう言われてみれば、そうかもしれねえ。ああいう感じの女は、江戸でもあまり見かけねえもんな。拍子木みてえのを手に持って踊るのも、初めて観た」

腕を組む隼人を、里緒は見つめた。

「もしや鶴乃さんは、琉球王国の出なのではないでしょうか」

隼人は里緒を見つめ返す。里緒は続けた。

「鶴乃さんが踊っている時に手にしていた、小さな拍子木のようなもの。あれはおそらく、琉球舞踊で使われるのではないでしょうか。私はもちろん琉球に行ったことはありませんし、踊りなどを観たこともありません。でもお客様たちから琉球のお話を聞くうちに、色で喩《たと》えるなら、なにやら琉球には紅の印象を持っておりました」

「紅色かい？」

「はい。私は、熱風から紅を喚起させられたのかもしれません。私にとって琉球王国は、紅の熱い風が吹く国の印象なのです。……そして鶴乃さんの舞を観ているうちに、その紅の風を感じたのです。彼女が舞うと、熱い風が起こるような気がしました。静の舞は、本来は切ない踊りなのですが、それにも拘《かか》わらず」

「里緒さんの勘働きが当たっているとしてだ。鶴乃はどうして琉球王国を離れて、日本国で旅芸人の一座などにいるのだろう。あちらの者は、薩摩にならばともかく、この国には容易に住むことはできねえはずだが。それとも密かに渡ってきたというのか」

里緒は姿勢を正した。

「前にも申し上げましたが、私はこのように思うのです。三郎兵衛さんは、十年ぶりにうちにお泊まりになるはずでした。そして、うちにお泊まりになっている間に、鶴乃さんと再会するお約束をしていらっしゃったと」

「三郎兵衛が十年前にここに連れてきた娘が、鶴乃なのではないかというんだな」

「はい。隼人様、この前教えてくださいましたよね。琉球王国から使節団が十年ぶりに江戸を訪れると。鶴乃さんはおそらく、十年前の当時、琉球使節のお一人だったのではないでしょうか。上様方の前で舞踊を披露する役目だったようにも思われます。そして……何らかの訳があって、その時、三郎兵衛さんが逃がしてあげたのではないでしょうか」

「鶴乃を逃がすのにここの旅籠を使い、里緒さんのご両親に頼んだという訳か。少しの間、匿《かくま》ってほしい、と」

「はい。きっと私の両親は三郎兵衛さんから事情を聞いて、力添えすることを決めたのでしょう。よほどの訳があったのだと思います。鶴乃さんは無事逃がすことができましたが、事情が事情だっただけに、三郎兵衛さんはその後、ここに来難くなってしまったのではないでしょうか。琉球使節として訪れていた者を逃がすことを、頼んだのですから。そのような重大なことを私の両親に手伝わせてしまい、三郎兵衛さんは長い間、自責の念に駆られていたのかもしれません」

「お竹が言ってたな。十年前、三郎兵衛から後日に金子らしきものが送られてきたと。それは、そのことに対する、三郎兵衛なりのお礼だったんだな。謝罪の意も込めての」

「そうだったのでしょう。三郎兵衛さんは、生真面目な方だったのだと思います」

「里緒さんのご両親も然り、だ。三郎兵衛との約束を守って、そのことを吾平やお竹にも決して話さなかったんだからな。娘の里緒さんにもよ」

里緒はうつむき、甘酒を啜る。隼人も一口味わい、首を捻った。

「だがよ、確か琉球使節の舞踊団で来るのは、男ばかりだったような気もするぜ。官吏《かんり》とその子弟のみだったんじゃねえかな」

「表向きはそうなのかもしれませんが……。女人の踊りがあったほうが、やはり華やぐとは思うのです。そちらを観ることを望まれる方も多くて、琉球王国は密かに女人の踊り手も連れてきていたのではないでしょうか」

「ああ、そうとも考えられるな。言い方は悪いが、端から貢物用として連れてきていたのかもしれねえし。すると……もしや三郎兵衛は、十年前のそのことが原因で、何者かにずっと狙われていたというのだろうか」

「それはどうなのでしょう」

里緒は甘酒で濡れた唇を指でそっと拭い、そのまま顎に移す。傍目《はため》にはぼんやりしているように見えるが、里緒はこのような時、めまぐるしく考えを巡らせているのだ。それを知っている隼人は、黙って里緒を見守る。

里緒の頭の中で、点としてあったものが、線として繋がり始める。殺されたのは三郎兵衛、質屋の西村屋啓蔵、筆屋の娘のお圭。三郎兵衛に関わっていたと思われる、琉球王国から来た舞姫。

その時、天気が崩れたのか、雨の音が聞こえてきた。それも、かなり強い。

雨を少し気に懸けつつ、里緒はゆっくりと話し始めた。

「三郎兵衛さんは、もしや十年前のその時、助けてもらったお礼として、鶴乃さんから何かを渡されたのではないでしょうか。それがいわくつきのもの、あるいはたいへん高価なものだった。三郎兵衛さんのお人柄からすると、それを売ったりせずに大切に仕舞っておいた。そして十年が経って、鶴乃さんから連絡《つなぎ》がきたのです。鶴乃さんは巧く逃げ、旅芸人の一座に入っていました。言葉も達者になり、簡単な手紙ぐらいは書けるようになっていた。あるいは代筆を頼んだのかもしれませんが。鶴乃さんは自分の近況と、興行で近いうちに江戸へ行くことを伝えたのです。鶴乃さんが元気に活躍していると知り、三郎兵衛さんは嬉しかったでしょう」

「そして鶴乃と再会することにしたのか」

「はい。三郎兵衛さんは鶴乃さんと再会した時、十年前に渡されたものを返そうと思っていたのでしょう。二人の再会の場所を決める時、おそらく三郎兵衛さんは、ここ雪月花か、もしくはここに近いどこかを選んだのでは。この辺りならば鶴乃さんも少しは覚えていると思ったのではないでしょうか。幸い、一座が興行する浅草寺にも近いところですし」

「三郎兵衛が殺されたのは、ここを訪れる前だったんだよな」

「はい。それについて、このように考えました。……三郎兵衛さんは鶴乃さんとの再会のために、うちに泊まることにしましたが、鶴乃さんに返そうと思っていたものを、ここに持ってくることを躊躇われたのかと。それを持ってうちへと向かったけれど、宿泊する間、ここに置いておくのは危険と思われたのかもしれません。旅籠には、いろいろなお客様がいらっしゃるからです。それで、質屋にそれをいったん預けることにしたのでしょう」

「質屋というと、西村屋か？」

「はい。三郎兵衛さんは、金銭に替えることが目的ではなく、預けることが目的で、そのものを持って質屋に向かったのです。うちにいらっしゃる前に。ところが、三郎兵衛さんが鶴乃さんから預かったものを、狙っている者がいたのでは。その品物を巡って、三郎兵衛さん、そして西村屋さんは殺められてしまったのではないでしょうか。……おそらくは、筆屋のお圭さんも」

隼人は顎をさすった。

「お圭は関係なさそうだがな。その品物に、どう関わっているというのか」

「お圭さんは殺められる前、薩摩藩の中屋敷に奉公見習いにいっていたといいます。隼人様、仰ってましたよね。琉球使節の人たちは、江戸にいる間、薩摩藩の中屋敷に寝泊まりすると。十年前、鶴乃さんを巡って、薩摩藩の屋敷で何かがあったのではないでしょうか。鶴乃さんが逃げ出した訳は、そこにあるのだと思います。今回のことには、薩摩藩が関わっているのです」

「ああ……そうか」

「お圭さんはもしや、薩摩藩の屋敷で、何かを聞いてしまったのではないでしょうか。鶴乃さんがかつて逃げた訳、そして、逃げる時に藩にとって何か重要なものを奪われてしまい、それを十年経ってようやく奪い返したなどという、その経緯を」

「鶴乃が三郎兵衛にお礼として渡したものは、鶴乃が薩摩藩から盗んだものだったっていうのか？」

「私はそのように考えます。鶴乃さんは十年前、薩摩藩絡みで、とても悔しい思いをなさったのでしょう。藩に何か仕返ししてやらなければ、気が済まないほどの。それで逃げる時に、奪ってやったのでしょう。……今日、鶴乃さんを見ていて思ったのです。とても意志が強そうな、しっかりした女だな、と。それは踊りにも表れていて、だからこそ紅色の風を感じたのかもしれません」

「気が強くて、そんな仕返しを考えるぐらいの女だから、逃げ出しても巧くやっていけたのかもしれねえな」

隼人は思わず苦笑いだ。

「里緒さんの推測に従うならば、この通りで起きた一連の事件は、薩摩藩絡みだったってことか。錦絵通りの連中の嫌がらせではなかったんだ」

「はい。勘違いだったと思われます。熱心に見張っていただいたのに、申し訳ございません。でも……酒屋さんの前に嫌がらせのような文字を書いたりしたのは、もしや錦絵通りの人たちだったのかもしれません」

「一連の騒ぎに便乗して、嫌がらせをしてやったって訳か。あいつらならあり得るだろうな。だがよ、里緒さん。謝らねえでくれ。里緒さんの推測にいつも頼っている自分が、いっそう情けなくなるぜ」

里緒は息をついた。

「まだ私の推測が正しいとは決まっておりません」

「一つ気になったのは、ここだ。三郎兵衛が殺された時、西村屋にも聞き込みしたけど、それらしき男が店に来たなんて話はちっともしてなかったぜ。三郎兵衛は本当に西村屋に預けたんだろうか。……それとも、預かってみたら思いのほか高価だったので、独り占めするために口を噤んでいたのか」

「そのとおりだと思います。三郎兵衛さんから預かったことを正直に話せば間違いなく没収されるでしょうから、敢えて黙っていたのでしょう」

「欲を出したって訳だ。しかし、いったい、どんなものだったんだろうな。鶴乃が藩から盗んで、三郎兵衛に渡したっていうのは」

里緒は細い指を、再び顎に当てた。

「来月、十年ぶりに、琉球から使節が訪れるとのこと。すると、十年前に琉球王国から預かった、大切な宝物か何かだったのでは？　藩の人たちは探してはいたものの、使節はずっと来なかったので、いい加減にしておいたのでしょう。ところが、訪問が正式に決まったので、血眼《ちまなこ》になって探し始めていたのでは」

「ようやく見つけ出して、必死で奪い返したという訳か。……だが鶴乃も不憫《ふびん》だな。そのような嫌がらせをしなければ気が済まねえようなことを、薩摩藩にされたなんてよ」

「本当に」

里緒は溜息をつく。白拍子姿で、静の舞を舞っていた、鶴乃の麗しい姿を思い出す。目に薄っすらと涙が光っていたことも。その舞は、切々とした哀愁に満ちていた。

里緒はぽつりと口にした。

「もしや……鶴乃さんは十年前、薩摩藩の者たちに、恋人との仲を引き裂かれたのかもしれません」

二人の目が合う。

「浅草寺に戻って、鶴乃に詳しい話を聞いてくるぜ。ちょうど休憩の頃だろうからな」

隼人が立ち上がる。里緒も後に続いた。雨は止む気配がないので、里緒は隼人に傘を渡した。

「これをお持ちください」

「すまねえ。すぐ返しにくるぜ」

「いいえ、いつでも構いません」

二人は微笑み合う。

隼人が玄関を出ようとした時、里緒は声をかけた。

「今日は本当にありがとうございました。ご馳走にまでなってしまって。狛犬も」

里緒はそっと胸元を手で押さえる。隼人は笑った。

「いやいや、あれぐらいでよければいつでも馳走するぜ。こちらこそ礼を言わねばならねえんだ。いつもありがとよ、里緒さん」

隼人も、お揃いの狛犬を仕舞った懐の辺りを、手で押さえる。笑顔で頷く里緒に、隼人は目配せをした。

「じゃあ、ちょっと行ってくるぜ」

「はい。お気をつけて」

里緒も玄関を出て、傘を差して隼人を見送った。

隼人の姿が見えなくなると、里緒はそのまま、せせらぎ通りを少し歩いた。雨空の下、なにやら通りはいっそう寂れて見える。

――早くすべてが解決して、この通りに活気が戻ってくれるといいのだけれど。

里緒はそれを願いながら、大きく息をついた。

四

隼人は花川戸町を通り過ぎる時、錦絵通りを見張っていた半太に声をかけ、二人で浅草寺に向かった。雨は次第に強まっていく。ぬかるむ道を足早に行き、随身門を潜る。この辺りの両側には、浅草名物の楊枝屋が並んでいる。仁王門を通り抜け、紅鶴一座の芝居小屋へと着いた。小屋を訪ねる前に亀吉を探したが、見当たらなかった。

「兄貴、傘でも買いにいっちまったんですかね」

「まあ、この雨と寒さじゃな。傘を差さなきゃ、風邪を引いちまうわ」

そう言う隼人も大きなくしゃみを一つして、半太を連れて小屋へ入っていった。

「すまねえが、誰かいねえかい」

入口で声を上げると、奥から老爺《ろうや》が現れた。老爺は同心姿の隼人を目にすると、腰を低くし、頭を下げた。

「旦那、お疲れさまです。どういったことでしょう」

「お前さんはここの座長かい」

「いえ、纏め役みたいなものです。座長はほかにおります」

「それが紅鶴というのか」

「さようです」

「ちょいと鶴乃に話を聞きてえんだが、いるかい？」

老爺は深く頭を下げた。

「申し訳ありません。鶴乃は外に出て、まだ帰ってきてないんです。それで、心配していたところでした」

隼人は眉根を寄せた。

「いつ、どこへ出かけたんだ」

「半刻ほど前、仲見世通りの薬屋に行くといいまして。出ていったきりなんです」

すると、奥から今度は女が現れた。齢五十ぐらいだろうか、顔色はあまりよくないが、婀娜《あだ》っぽい色香を漂わせている。一目で座長の紅鶴だと分かった。女が口を出した。

「あの子、私のために薬を買いにいったんですよ。私、肺《はい》ノ腑《ふ》の持病がありましてね。雨の刻は、応《こた》えるんですよ。それで寝込んでいたら、あの子が買いに出ていってしまって」

「私が買いにいくからと、止めたんですが。言うことを聞いてくれなくて」

老爺が溜息をつく。

「あの子、私のためなら、何でもよくしてくれるんですよ。お役人様、お願いです。探してくれませんかね」

「お前さんが紅鶴かい」

「はい、さようです」

隼人は紅鶴に近づき、低い声を出した。

「一つ教えてほしいことがある。それに正直に答えたら、鶴乃を探してやるぜ」

「はい。どのようなことでしょう」

「鶴乃は、琉球王国の出だな」

紅鶴は隼人からふと目を逸らし、うつむく。隼人は紅鶴を睨《ね》めた。少しの沈黙の後、紅鶴は口を開いた。

「さようです。十年前、おそらく使節団から逃げ出したのでしょう、彷徨《さまよ》っているところを拾ってあげたのです。熊谷宿《くまがや》にいる時でした。言葉も通じないところで、あの子はまるで物乞いのようなことをしていましてね。不憫《ふびん》だったんですよ」

老爺が後を続けた。

「でもあの子は、それでいながら、逞しいというか明るいというか、光ったところがあったんです。それも、琉球人らしさなのかもしれません。それで、まあ言い方は悪いですが、この子はものになると思いまして、一座に入れたという訳です。案の定、見栄えがよくて、踊りも巧くて、忽《たちま》ち人気者になりました」

「あの子には、私の跡を継いでほしいと思っているんですよ。座長になって、紅鶴の名をね」

二人とも鶴乃に入れ込んでいるようだ。

「十年前は言葉が通じなかったと言ったが、鶴乃は、今は普通に話せるのかい」

「はい。厳しく教えましたので、五年もしたら、会話には困りませんでしたよ。あの子も学ぶのに熱心でしたしね。文字も書けますよ。簡単な文もね」

「この国の言葉が分からなければ、芝居もできませんのでね」

「なるほど、頑張ったんだな。じゃあ鶴乃は、お前さんたちに、逃げ出した訳を話していたかい」

紅鶴と老爺は揃って首を横に振った。

「話しませんでしたね。こちらも訊こうとしませんでしたし」

「どうしてだい」

紅鶴は隼人に向かって、ふっと笑った。

「旦那。十六、七ぐらいの娘が、物乞いをすることも厭わないほどに追い詰められて、逃げ出したんですよ。どんなに辛いことがあったのか、容易に想像がつくじゃありませんか。それを根掘り葉掘り訊くなんて野暮なこと、この紅鶴姐《ねえ》さんがする訳がございませんせん」

紅鶴にぴしゃりと言われて、隼人は頭を掻いた。

「そりゃそうだな。いや、さすが芝居をやっているような者は、人の心を読むのが巧《うめ》えな。面目ねえ」

「いいですよ、旦那。分かってくだされば。……正直に話しましたので、どうか鶴乃を探してくださいませ」

紅鶴は微かに声を震わせ、頽《くずお》れるように座り込み、隼人と半太に向かって深々と頭を下げた。隼人は力強い声を出した。

「心配するな。いなくなってまだ半刻ならば、すぐに見つかるぜ。途中で具合が悪くなってどこかで休んでいるのかもしれねえしな。任せておけ」

隼人は半太を連れ、急いで小屋を出ようとしたところで、振り返った。

「話してくれてありがとよ、紅鶴姐さん」

紅鶴は再び、床に頭を擦りつけるように、深い礼をした。その隣で老爺も、繰り返し頭を下げていた。

隼人と半太はまずは仲見世通りの薬屋へと向かった。鶴乃はそこに行ったはずだからだ。広い通りは雨にぬかるんでいた。

「紅鶴は、鶴乃のことを実の娘のように思っているみてえだな」

「そのようですね。早く探してあげましょう」

隼人は不意に立ち止まった。

「どうしたんですか、旦那」

「亀吉、まだ戻ってなかったよな」

「あ、はい。そのようでした。銀杏の下にも立ってませんでしたね」

「なにやらおかしくねえか。鶴乃がいなくなって、それを見張っていた亀吉も帰ってこねえなんて」

「そういや、そうですね」

隼人と半太は目と目を見交わす。二人は薬屋へ急ぎ、そこの主人に、鶴乃の特徴を告げ、半刻前頃そのような女が薬を買いに来なかったか訊ねた。しかし主人の答えは、素っ気なかった。

「そのような方は、見えてませんねえ。ちょうどその頃は雨が最も激しかったので、お客さんは一人もいませんでしたから」

「本当か？　その前後にも来てねえか」

「はい。その方は、紅鶴一座の舞姫でしょう？　実は私も踊りを観たことがあるので、店にいらっしゃって気づかないなんてことはありませんよ。とにかく今日はいらっしゃってません」

隼人と半太は肩を落として店を出た。傘を差すのも忘れそうになってしまう。半太が泣きそうな声を出した。

「なんだか拙《まず》いことになってませんか、旦那」

「とにかく二人を探そう。がむしゃらに探すんだ。まずは本堂からこっちを、二手に分かれて探すぞ。それで見つからなかったら、本堂の裏だ」

浅草寺は広い。仁王門の先に本堂があるが、本堂の裏は盛り場となっていて、ここにも芝居小屋や見世物小屋が建ち、水茶屋や料理屋や楊弓場《ようきゅうば》なども並んでいた。

「半刻探して見つからなければ、盛田屋の助けを借りよう」

「合点です」

半太は大きく頷くと、地主《じぬし》稲荷のほうへと駆け出していく。隼人は五重塔へと向かった。もう雨に濡れることなど構っていられない。

五重塔の付近は、紅鶴一座の小屋の裏手にあたる。隼人は息を荒らげながら、不動聖天や鐘楼まで足を延ばして隈なく探すも、鶴乃も亀吉も見つからない。

——どうか二人とも無事でいてくれよ。

強く願いながら、隼人は駆け回った。

びしょ濡れになり、傘を差していてもいなくても同じだからと放り出そうとするも、隼人は思い止まる。里緒に借りた傘なので、返さなければならないからだ。隼人は一瞬立ち止まり、胸元に手を伸ばした。懐に、張子の狛犬の感触があった。里緒の笑顔を思い出すと、隼人は再び力が湧いてきた。

雷が落ち、五重塔に閃光《せんこう》が走った。いつもは賑わっている浅草寺も、さすがに人はまばらだ。それゆえに、二人がまだ浅草寺に留まっているのならば、見つけやすいとも言える。しかし、なかなか見つからない。隼人は途方に暮れた。

――いったいどこへ行っちまったんだ。もしや……二人して、既に連れ去られてしまったのか。

浅草寺を出るには、雷門、随身門、表門のいずれかを通らなければならない。表門は伝法院《でんぼういん》へ繋がっているので、厳密に言えばここの裏門をも抜けなければ、広小路には出られない。

先ほどここへ来る時には随身門を通ってきた。隼人は思い出そうとした。あの辺りで、怪しい人影はなかったか。誰かを連れ去るならば、雷門や表門よりは、随身門のほうが使いやすいと思われた。

――もしやあの辺りに何か証拠が残っているかもしれねえ。

隼人が随身門へ向かおうとした時、半太の叫び声が聞こえてきた。

「旦那、兄さんがいました！」

半太がずぶ濡れで駆けてくる。隼人も駆け寄った。

「どこにいた」

「あっちの、稲荷の裏手で倒れてました。血だらけで、相当やられてて」

半太は今にも泣き出しそうだ。隼人の顔色が変わった。

「案内しろ」

二人は地主稲荷の裏へと走る。雨に濡れた黒羽織を翻し、隼人は亀吉の無事をひたすら祈った。

草むらの目立たぬところに、亀吉はぼろぼろの姿で倒れていた。隼人は傘を放って、駆け寄った。亀吉は血塗れの顔で、目を閉じている。隼人の心が震えた。

「おい、亀吉。しっかりしろ」

隼人が手を握ると、亀吉は薄っすらと目を開けた。相当殴られ、蹴られたようだ。躰も痣《あざ》だらけで、刺し傷もある。隼人は手に力を籠めた。

「俺たちが来たから、もう大丈夫だぜ」

亀吉は微かに頷く。隼人は亀吉を動かしてもよい状態かを確認した。脈を診て、瞳孔《どうこう》を見る。刺された脇腹の傷は深いのか、血がまだ止まっていなかった。それを見て、半太が狼狽《うろた》える。

　隼人は雨に濡れた黒羽織を脱ぐと、強い力でそれをいったん搾り、亀吉の腹へと巻きつけて縛った。そして半太に叫んだ。

「亀吉を負ぶっていくから、背中に載せるのを手伝え」

「はい」

　半太は亀吉を抱き起こし、屈んだ隼人に負ぶわせた。隼人はそのまま立ち上がると、ぬかるむ草むらを猛然と走り出した。後に続きながら半太が叫んだ。

「旦那、医者のところに行くんですか」

「本堂だ！　誰かいるだろうから、訳を言ってひとまず寝かせてもらうんだ。その間にお前は医者を連れてこい」

「合点です！」

　大柄な隼人が手下を負ぶって走り抜ける様は迫力があり、亀吉の危機だというのに、半太は思わず——旦那、カッコいい——などと思ってしまう。手下の命がかかっているゆえに、隼人の走りはいつもの倍ぐらいに素速く、半太が追いつけないほどだった。

本堂に着いた時には、隼人も半太も息が上がっていた。大きな声を張り上げると、僧侶が現れて、目を丸くした。

「どうなさいました」

「奉行所の者だが、手下がこの寺の中で暴行された。とにかく早く医者に診せてえんだ。この寺にはいねえか」

「生憎、寺の中にはおりません。雷門を出てすぐの東仲町《ひがしなかちょう》に、名医と呼ばれる方がいらっしゃいますが」

医者の名前を訊くと、隼人は半太に命じた。

「早くその医者を連れてきてくれ」

「合点です」

半太は忽《たちま》ち走り出す。亀吉は本堂の畳の上に寝かされた。僧侶は亀吉の様子を窺いつつ、言った。

「僧侶の中にも簡単な手当てをできる者はいるのですが、こちらは医者に診てもらったほうがよさそうですね」

「そうだな」

隼人は亀吉の傍らで、彼の手を握る。すると亀吉が、隼人の手をそっと握り返した。隼人は手に力を籠めた。亀吉は目を開け、隼人を見つめて、何か言いたげに唇を動かした。

「無理に喋らなくていい。俺が訊くから、頷きで答えてくれ。鶴乃を助けようとして、敵に立ち向かったのか」

亀吉は頷き、嗄《しゃが》れた声を絞り出した。

「侍でした。訛《なま》りがあって、三人いやした。……浅葱裏《あさぎうら》の」

「分かったぜ。そいつらに、鶴乃は連れていかれたんだな」

亀吉は再び頷く。隼人は励ますように微笑んだ。

「よくやったぜ、亀吉。心配するな。鶴乃はきっと取り戻す。俺に任せておけ」

亀吉は微かな笑みを返すと、また目を閉じた。半太が医者を連れて戻ってくるまで、隼人は亀吉の手を握り続けた。

医者に診てもらい、命は助かったとはっきり分かると、隼人は立ち上がった。

「半太、お前はここで、暫く亀吉の様子を見ていてくれ。俺は鶴乃の行方を少し追ってみる」

「合点です。旦那、お気をつけて」

「おう、後は頼んだぞ」

隼人は僧侶にも頭を下げた。

「申し訳ねえが、もう暫く、ここに置いてやってください。今日のうちには、引き取りにきますんで」

すると医者が口を出した。

「今日はまだ動かさないほうがよいでしょう」

「私もそう思います。引き取りにいらっしゃるのは、明日以降のほうがいいのではありませんか」

理解ある僧侶に、隼人は恐縮した。

「ではお言葉に甘えて、明日までお願いします。なるべく早く、迎えにくるので」

僧侶は穏やかな笑みを浮かべた。

「承知いたしました。お預かりいたします」

医者の見立てでは、亀吉が前のように躰を動かせるようになるには、一月はかかるだろうとのことだった。

「危ねえところだったんですね」

顔を曇らせる隼人に、医者は言った。

「羽織を巻きつけて止血したのがよかったのでしょう。……ずいぶん濡れてしまわれたようですが」

「お着替えになっていかれますか。小袖に脚絆《きゃはん》ならばご用意できますが」

隼人は頭を振った。

「そこまで気遣っていただいては、かたじけない。このままで大丈夫です」

隼人は僧侶と医者に深く礼をして、本堂を後にした。

雨は小降りになっている。隼人は、亀吉が倒れていた地主稲荷の裏の繁みへと戻ってみた。先ほど放り投げてしまった傘を拾い、ぐるりと見渡す。

――亀吉は悪党どもにここに引っ張り込まれて、暴行されたのだろうな。悪党どもは何人かいて、そのうちの三人に亀吉が殴られている隙に、残りの者たちが鶴乃を連れていっちまったんだろうか。

男数人がかりならば、か弱い女を脅かしつつ、寺の外へ連れ出すこともできるだろう。

――亀吉の話からも、悪党どもってのは薩摩藩の者だろうと察しがつく。浅葱裏って言ってたから、身分は高くはねえ勤番侍か。上に命じられたんだろう。……すると、鶴乃が連れていかれたのは、薩摩藩の下屋敷なのだろうか。下屋敷は確か渋谷《しぶや》にある。

勤番侍は数が多いので、藩の下屋敷の長屋に留まっている。薩摩藩のような大藩ならば、中屋敷にもいると思われた。

――いずれにせよ、薩摩の屋敷に連れていくとしたら、やはり舟か駕籠が必要だ。手持ちの駕籠を使ったならば、殆ど気づかれずに運べただろう。だが舟を使ったならば、船着場で見た者がいるかもしれねえ。

そう考え、隼人は雷門を出て、吾妻橋の傍の船着場へと向かい、聞き込みをした。だが、雨が激しかったその刻、侍に囲まれた女の姿を目にした者はいなかった。

隼人は肩を落として、隅田川を眺めた。天気のせいか、いつもは瑞々《みずみず》しい隅田川も、対に広がる向島の景色も、灰色に濁って見える。隼人は亀吉の一件を報せるため、濡れた姿のまま、いったん奉行所へ戻ることにした。

その夜、隼人は再び雪月花を訪れた。出迎えた里緒は、一目見て隼人が消沈していると分かり、心配になった。隼人は元気のない笑みを浮かべて、傘を差し出した。

「返しにきたんだ」

「わざわざ、ありがとうございます」

里緒は傘を受け取り、隼人を眺めて、目を瞬かせた。

「隼人様……本当に傘をお使いになりました？　ずいぶん濡れたのではありませんか。それに羽織も、なにやら」

里緒は首を傾げる。隼人が纏っているのは、いつもの羽織とは些《いささ》か違って見える。中の小袖も、半乾きのように見えた。隼人は頭を掻いた。

「いや、ちょっとあってな」

「鶴乃さんのことで、ですか」

言葉を濁す隼人の裾に、里緒は手を伸ばした。

「まあ、やはり濡れているではありませんか。こんな寒い刻にこのようなものをお召しになっていては、風邪を引いてしまいます。隼人様、お上がりください。乾かしますから」

「そんな、申し訳ねえよ。大丈夫だ、役宅に戻って、お熊に乾かしてもらうから」

里緒は隼人を睨んだ。

「つべこべ仰らずに、お上がりください。せっかく傘をお貸ししましたのに、濡れたままのお召し物でお帰ししましたら、雪月花の名が廃りますわ」

「つべこべ、って……。結構言うなあ、里緒さんも」

隼人は太い眉を掻く。里緒は口を尖らせた。

「それに……気になりますもの、鶴乃さんのこと」

「確かにな。今回も里緒さんに相談に乗ってもらったんだ。報せなくてはな」

里緒は顔つきを和らげ、微笑んだ。

「お願いいたします。さ、どうぞ」

「じゃあ、ちょいと失礼するぜ」

隼人が上がり框を踏むと、お竹が現れ、まずは広間に連れていかれた。隼人はそこでお竹に渡された浴衣《ゆかた》に着替え、里緒の部屋へと向かった。隼人が着けていた小袖は、お竹が預かっていった。これから急いで乾かし、火熨斗《ひのし》を当てるようだ。ちなみに里緒がなにやらおかしいと感じた黒羽織は、奉行所で借りたものだった。

里緒はお茶の用意をして、隼人を待っていた。客用の浴衣を纏った隼人を眺め、里緒は笑みを浮かべた。

「隼人様、お似合いですよ」

「なにやら照れるなあ」

隼人は頭を掻きながら、腰を下ろして炬燵にあたった。里緒に淹れてもらったお茶を飲み、一息つく。

部屋を眺める隼人の目が、ふと留まった。里緒の部屋には箪笥が二つ並んでいるのだが、その小さなほうの上に、張子の狛犬が飾られていたからだ。隼人と里緒は照れくさそうに微笑み合った。

あれからあったことを隼人が話し始めると、里緒は真剣な面持ちで聞いた。

「たいへんでしたね。お疲れさまでした。亀吉さんがご無事で、本当によかったです。でも……鶴乃さんは、大丈夫でしょうか」

「どうだかなあ。薩摩藩の奴らが、十年前のことを恨んでいたら、鶴乃を痛めつけるかもしれねえな。生きているとよいが」

里緒は眉根を寄せ、胸に手を当てた。

「ご無事を祈るしかありませんね。お二人のことは、上役の方にお話ししたのでしょう？」

「うむ。したんだが、評定所《ひょうじょうしょ》の許しを得て薩摩藩に申し立てるには、まだ今一つ証拠が足りねえんだ。どうやら今回も里緒さんの推測が当たっているとは思う。だが、あくまで推測なんだ。本当のことを、鶴乃や三郎兵衛の口から聞いた訳じゃねえ。紅鶴は、鶴乃が琉球の出だと証言した。亀吉は、鶴乃は訛りのある浅葱裏の侍に連れていかれたと証言した。でも、確実なことがそれだけじゃ、薩摩藩に申し立てられねえ」

隼人は頭を抱えてしまう。里緒も溜息をついた。

「そうなのですか。難しいのですね」

「うむ。おまけに、上の者から疑問に思ったことを訊かれて、困っちまった」

「どのようなことですか」

「十年前に三郎兵衛が鶴乃を逃がしたというのが事実だとして、白金の百姓だった三郎兵衛は、いつどのようにして琉球使節の一員だった鶴乃と知り合ったのか、ってことだ」

「ああ……言われてみれば」

「その時、鶴乃が泊まっていたのは高輪にある薩摩藩の中屋敷だろうから、白金の百姓の三郎兵衛と近づくことができなくもなかっただろうが、考えてみればやはりおかしい。鶴乃は日《ひ》の本《もと》の言葉を殆ど話すことができなかったんだ。ではどうやって、逃げたいという意志を三郎兵衛に伝えたのか。考えれば考えるほど、分からなくなる。……すると、この推測自体にやはり無理があるということになっちまうんだ」

隼人は腕を組み、呻《うめ》くような声を漏らす。そのような隼人の隣で、里緒は白い指を顳に当てて、考えを巡らせる。里緒は大きな目を瞬かせ、隼人を見つめた。

「三郎兵衛さんのお葬式に、次男ご夫婦がいらっしゃっていたと聞きました」

「俺は葬式の前に、次男にいくつか三郎兵衛のことを訊ねた。確か川口《かわぐち》宿で一膳飯屋をやってるって言ってたぜ」

「その次男さんは、十年前は何をなさっていたのでしょう」

「いや、そこまでは訊かなかったが」

「もしかして、薩摩藩の中屋敷で中間《ちゅうげん》として働いていたのではないでしょうか。百姓の次男、三男は、若い頃は藩邸の中間を務める者も多いと聞きます」

二人の目が合う。里緒は続けた。

「つまり、薩摩藩の中屋敷で働いていた次男さんが、鶴乃さんに起きた何かを知ってしまい、逃げることを手伝ったのです。でも次男さんは、鶴乃さんを中屋敷から出してあげることぐらいしかできなかったのでしょう。そこで近くにいる父親の三郎兵衛さんに連絡を取り、訳を話して、その後のことを頼んだのではないでしょうか」

「父親と息子の共同作戦かい」

「そうです。次男さんは、中屋敷で鶴乃さんの身に起きたことを実際に見聞きしていたのです。それゆえ鶴乃さんが言葉を話せなくても、次男さんの説明によって、三郎兵衛さんはすべてを把握できたのだと思います」

隼人は頭を掻いた。

「なるほどなあ。そこに次男が関わっていたというのか。三郎兵衛が殺された時、次男に心当たりを訊いても分からないようだったが、まさか十年前のことが関わっていたとは気づかなかったんだろう。俺たちも、物盗りか、錦絵通りの揉め事に巻き込まれたかのどちらかだと思っていたしな」

里緒は姿勢を正した。

「隼人様。次男さんをあたってみるとよろしいかと思います。十年前の真実を、お訊きになれるかもしれません」

「うむ。次男の話は、確固たる証《あかし》となるだろう。いや、またしても里緒さんに一本取られた。面目ねえ」

隼人に深く頭を下げられ、里緒は恐縮する。

「そんな。隼人様から疑問点をお伺いして、私も悩んでしまったんです。考えてみたら、そうよね、と。自分の推測の足りなさを、思い知らされました」

「いや、それでもすぐに充足できるんだから、やっぱり凄《すげ》えよ。よし、上役に頼んで、明日早速、川口へ行かせてもらうぜ。次男に話をしっかり聞いてくる」

隼人の力強い言葉に、里緒は顔をほころばせた。

「元気が戻りましたね。隼人様はそうでなくては」

「里緒さんのおかげだ。感謝してるぜ。本当にな」

隼人は里緒を見つめ、照れくさそうに笑う。そして大きなくしゃみをした。里緒は急いで客用の褞袍《どてら》を持ってきて、隼人の肩にかけた。

第五章　夜光貝の思い

一

隼人は早速、先輩同心の鳴海《なるみ》に話し、年番方与力《ねんばんかたよりき》の北詰修理《きたづめしゅり》の許しをもらって、川口に赴くことにした。北詰は威厳がありながらも、人を思い遣ることに長《た》けており、隼人も敬意を表している。北詰は隼人に言った。

「もしこれで証を得られたら、極秘裏の処分を検討しよう。琉球使節の訪問が迫っているので、薩摩藩の内情を調べるにもよい機会だと、上のほうが判断した。何か不穏なものがあれば一掃してしまおう、ということだ。山川、徹底してやってみてくれ」

「はっ。全力で務めます」

隼人は躰を折り曲げ、平伏した。薩摩藩には幕府も手を焼いているところがあるので、本音としてはやはり突き止めたいようだった。

隼人は川口に発つ前に浅草寺へ赴き、亀吉を引き取った。亀吉はまだ動けないようだったので僧侶は引き止めたが、これ以上は迷惑をかけられないと、隼人は負ぶって連れ出した。そして、半太も一緒に、隼人はそのまま雪月花へと向かった。

昨夜、隼人が亀吉のことを話すと、里緒がうちで暫く預かると申し出たのだ。そこまで頼めないと恐縮する隼人に、里緒は言った。

――たいしたものはお出しできませんが、ここならばご飯には困りません。人は揃っておりますので、万が一にご容態が急に悪くなっても、すぐに医者を連れてくることもできます。ここは安全ですので、どうかお任せください。

里緒に真摯《しんし》な面持ちで願われ、隼人はまたしても厚意に甘えることとなったのだ。隼人の背で亀吉も恐縮していたが、雪月花に置いてもらえることはありがたいようだった。

隼人は亀吉を雪月花に届けると、里緒をはじめとする皆に、丁寧に頭を下げた。

「かたじけねえ。少しの間、よろしくお願いする」

「動けるようになったら、出ていきやすんで」

亀吉はだいぶ話せるようになっていた。里緒は嫋《たお》やかな笑みを浮かべた。

「どうぞお気になさらず。亀吉さん、うちでよろしければ、治るまでいてくださいね。この機会に、少しゆっくりなさってください」

「ありがとうございやす。……すみやせん、ご心配おかけして」

亀吉の目が微かに潤む。隼人は亀吉を負ぶって二階へ上がった。吾平が後ろから亀吉の背に手を当て、支える。

空いている客部屋に亀吉を寝かせると、隼人はもう一度皆に礼を述べ、半太とともに階段を下りた。

「お気をつけていってらっしゃいませ」

里緒の笑顔に見送られ、隼人と半太は川口へと向かった。

川口宿は日光御成道《にっこうおなりみち》にある。日本橋から中山道《なかせんどう》を進んで一里のところの本郷追分で日光御成道にそれ、岩淵《いわぶち》宿の次が川口宿である。日光御成道は、将軍が日光社参をする際に使われた。将軍の一行は川口宿の錫杖寺《しやくじようじ》で昼餉を取ってから、一日目の宿泊地である岩槻宿《いわつき》へ向かう。本郷追分から川口宿まで歩くのは二刻ほどしかかからない。午前中に日本橋を発ったので、午過《ひる》ぎには川口宿に着いた。将軍一行の社参の通り道だけあって、整備され、賑わっている。

曇り空の下、隼人と半太は、三郎兵衛の次男の次郎太《じろうた》の店を探した。道行く人に訊ね歩き、ほどなく見つけた。昼餉刻で多くの客が入っている。次郎太の一膳飯屋はなかなか繁盛しているようだ。

隼人たちは表で少し待った。この飯屋の名物の奈良茶飯《ならちゃめし》の匂いが漂ってきて、隼人は思わず唇を舐める。半太のお腹もぐぅと鳴った。

客の入りが落ち着いた頃、中に入った。

「いらっしゃいませ。お二人様ですか」

三十ぐらいの優しい笑顔の女が、声をかける。隼人には見覚えがあった。三郎兵衛の葬式に来ていた、次郎太の女房だ。隼人は女房に近づき、声を少し潜めて言った。

「忙しいところ悪いな。ここの主人の次郎太に話があるんだが、いるかい？」

隼人の隣で、半太が十手をちらりと見せる。女房は顔を強張《こわば》らせた。

「あ、はい。お役人様、江戸ではどうも。……もしや義父《ちち》のことで何か？」

女房も隼人を覚えていたようだ。

「察しがいいな。そうだ。三郎兵衛のことで訊きてえことがあるんだ」

すると次郎太が板場から出てきた。次郎太は隼人と半太に丁寧に礼をした。

「お疲れさまです。ここではなんですから、中へお入りください」

「さ、どうぞ」

女房に案内され、隼人たちは奥へと通された。


飯屋には料理をする者がもう一人いるようで、店はその者と女房と若い女中に任せ、次郎太は隼人たちと向き合った。隼人は端的に訊ねた。

「さっき、この近くで聞いたんだが、お前さんがこの飯屋を始めたのは五年前だというな。お前さんは十年前頃、どんなことをしていたんだ」

「はい。その頃は、薩摩藩の中屋敷で、中間を務めておりました」

隼人は息をついた。

「やはりそうか。……では十年前、琉球使節が来た時のことを覚えているよな」

「はい」

「その時に何があったか、話してもらえねえか。お前さんの証言で、人一人の命が助かるかもしれねえんだ。鶴乃という、踊りが上手な女の命が」

次郎太は目を見開き、膝の上で拳を強く握った。

「もしや……お父っつあんは、あの時のことが原因で殺されたんですか」

「うむ。どうもそのようだ。十年前の出来事が、静かに、まだ尾を引いていたんだろう。来月、十年ぶりに琉球使節が江戸に来るので、薩摩の者たちはその前に片をつけておきたかったんじゃねえかな。薩摩が何か悪巧みをしているのならば、奉行所としてもどうにかしてえんだ。だから、どのようなことでもいい。その時のことを話してくれ」

「はい」

次郎太はしかと頷き、隼人を見つめる。次郎太は父親の三郎兵衛に似た、端整で穏やかな面立ちだった。

「その鶴乃という女は、麗良《れいら》のことでしょう。確か、阿麻《あま》麗良といったと思います。十年前、琉球使節の一人として、江戸へ来たのです」

次郎太の話によると、このようなことだったらしい。

百人近くいた琉球使節の中でも、麗良はひときわ美しかった。髪の毛を高く結い、真紅の琉球衣装を纏って踊る麗良は、華やかさに溢れ、次郎太もこっそり眺めては憧れていたという。表向きには琉球使節の舞踊団は男性官吏とその子弟となっているが、この時には女踊りの要員として麗良も来ていたそうだ。

魅力に溢れた麗良は、薩摩藩の江戸家老に目をつけられた。そして、その家老の妾となる話を、薩摩藩と琉球使節の上部の者たちの間で勝手に進められてしまったのだ。

しかし麗良には恋人がいて、その恋人も一緒に江戸に来ていた。恋人は琉球音楽の奏者で、麗良は彼が奏でる音色に合わせて舞っていたのだ。

それゆえ上部から妾の話を持ちかけられても、麗良ははっきりと断った。恋人と近々夫婦になりますので、と。

すると恥を掻かされたと怒った江戸家老が、手下に命じて、その恋人を斬り殺させた。琉球使節には金を握らせたので、恋人は突然死ということで片付けられた。

号泣する麗良を、次郎太は陰から痛々しい思いで眺めていた。

使節が琉球へ帰る日が近づき、麗良は家老の妾として江戸に留まるという話が進められた。麗良はどうしても逃げ出したいようだったが、言葉がよくは通じていないので、下手なことをすると危険であった。

仮に中屋敷を飛び出したとしても、すぐに捕まってしまうであろうと思われた。琉球王国の言葉の起源は、古代日本語であったが、江戸では意思を疎通させるのは難しく、通詞《つうじ》がいたほどである。

次郎太は麗良を気に懸け、密かに見守っていた。麗良は日に日に痩せ細っていく。そしてある夜、庭の片隅で、麗良が隠し持っていた短刀で自分の喉を突こうとするのを目撃した。次郎太が必死で止めると、麗良は泣き崩れた。次郎太には麗良の気持ちがよく分かった。恋人を殺した男の妾になるぐらいなら、死を選ぼうと思ったのだろう、と。

そこで次郎太は、麗良が逃げるのを手伝うことにしたのだ。

麗良は、江戸の言葉を聞き取ることが少しはできた。次郎太はまず、父の三郎兵衛にこっそり会いにいった。薩摩藩の中屋敷がある高輪と、三郎兵衛が住んでいた白金は近いので、それほど困難なことではなかった。

次郎太は三郎兵衛に事情を話して、麗良を巧く逃がしてあげるように頼んだ。面倒見のよい三郎兵衛は麗良に深く同情し、話を引き受けた。

こうして父と息子の連携作戦で、麗良はこっそり薩摩藩中屋敷を抜け出すことができた。当時、使節の百人近くの者が中屋敷に寝泊まりしていて、それだけ多いと見張りの目も緩んでいたので、意外に容易に運んだ。

次郎太が麗良を門の外へ出すよう手引きし、後は三郎兵衛が引き受けたのだ。三郎兵衛が近くで待っていて、麗良を連れて素早く町の中に紛れ、辻駕籠を拾って少し移動してから舟に乗り、大川へと出た。

中屋敷から離れたところがよいだろうと、浅草の辺りにまで来て、雪月花へと連れていった。そして、里緒の両親に頼み込み、麗良を少しの間預かってもらうことにしたのだ。

預かってもらっている間に、三郎兵衛は麗良を板橋宿から逃がす手筈《てはず》を整えていたという。

後に三郎兵衛から聞いたことも交えて、十年前に起きたことを、次郎太は隼人たちに話した。

「手筈が整うと、お父っつあんは麗良を迎えにいって、一緒に旅籠を去り、逃がしたようです。お父っつあんのことだから、その時、麗良にいくらかの金子を持たせたと思います。お父っつあん、言ってましたから。逃がしてあげることはできても、その後の面倒を見てやれないのが心残りだ、って」

膝の上で拳を握りながら、次郎太は唇を嚙んだ。隼人は息をついた。

「よい親父さんだったんだな」

　次郎太は大きく頷く。三郎兵衛はきっと家族も大事にしていて、それがゆえに麗良に同情はしても、手元に置いておくということはやはりできなかったのだろう。

「今の話は、お袋さんや兄さんは知っていたのだろうか」

「いいえ、知らないと思います。考えてみれば、異国の者を無断で逃がしたのですから、私たちはたいへんなことをしたのでしょう。お父っつあんもそれに気づいていて、家族にも言わなかったと思います。お父っつあんは口が堅かったですし。私もよけいなことを喋って、麗良が追われることになったら元も子もないので、ずっと誰にも話しませんでした」

「じゃあ、お前さんたち以外に麗良のことを知っていたのは、旅籠の夫婦だけか」

「そうなのではないでしょうか。雪月花には、私も子供の頃、連れていってもらいました。落ち着いていて、とても雰囲気のよい旅籠だったと覚えています。働いている人が皆、親切で」

「うむ。だからこそ三郎兵衛も、麗良を雪月花に連れていったのだろう。……ところで、三郎兵衛からその後、麗良から何かを渡されたというようなことを聞かなかったかい」

隼人の問いに、次郎太は首を傾げた。

「いえ、そのようなことは聞いておりません。といいますか、お父っつあんとは、麗良の話はその後殆どしませんでした。一度か二度したぐらいで。だから、別れ際の深い話などは、よく分からないのです」

「そうか」

隼人は思いを巡らせる。

——三郎兵衛は相当口が堅かったようだ。ならば麗良から何かをもらったことは、誰にも話さず、もらった物も、ずっと密かに隠しておいたのだろう。

隼人は次郎太を見つめた。

「話してくれて礼を言う。お前さんの今の話は、決め手となるだろう。そこでお願いがある。今のことをもう一度、場所を改めて話してくれねえか。なに、十年前のことでお前さんが罪になることはねえよ。三郎兵衛を殺めた下手人を突き止め、麗良を助けるためだ。頼む」

隼人は頭を深く下げる。半太もそれに倣った。

「もちろんです。お話しします」

次郎太は力強い声を響かせた。


隼人は次郎太を連れて奉行所へと戻り、町奉行や北詰の前で話させた。詳しい事情が分かったので、許しが出て、極秘裏に事は進められた。

藩邸にも詳しい幕府隠密《おんみつ》がその日の夜に、薩摩藩中屋敷に忍び込んだ。麗良つまりは鶴乃を閉じ込めているならば中屋敷だろうと予想をした。

それは当たっていて、奥の小さな部屋で鶴乃は見つかった。縄で縛られ、目の周りや足に痣《あざ》を作っていたが、意識はちゃんとしていた。十年前のことを未だに根に持っている者たちが、鶴乃を少しはいたぶってやらなければ気が済まなかったのだろう。

江戸に来て話題になっていた旅芸人の舞姫の、踊り方や容姿の特徴から、もしやあの時の麗良なのではないかと察した者がいたのだろう。そして目をつけられていたに違いない。

「大丈夫か」

隠密は鶴乃を抱き起こした。鶴乃は顔色が酷く悪く、高い熱を出しているようだ。このままでは命が危なかっただろう。隠密は二人がかりで鶴乃を助け出し、速やかに奉行所へと運んだ。

鶴乃の具合がよくなると、隼人は鶴乃からも話を聞いた。逃げることになった経緯は、次郎太の証言どおりだった。

「お前さんは三郎兵衛と別れる時に、何か渡したんじゃねえか」

隼人が問いかけると、鶴乃は頷いた。

「純金の香炉を渡したのです。助けていただいた、お礼のつもりでした」

その頃、鶴乃は日本語を話せなかったので、「高いものだから売ったらお金になる」ということを、琉球語で必死に伝えた。鶴乃が何を言おうとしているか、三郎兵衛には分かったようだった。見るからに、その香炉は高価なものだったからだろう。

三郎兵衛は受け取れないといったように、香炉を返そうとしたが、鶴乃は有無を言わさず押し返した。

三郎兵衛は考えた挙句、言った。——では、次に会う時まで、大切に預かっておく——といったようなことを。鶴乃は話せなかったが、聞き取ることは少しはできたので、笑顔で頷いた。

そして、この香炉が、一連の事件のもとであった。

鶴乃が三郎兵衛にお礼として渡したのは、琉球王国が清国からもらった宝物だったのだ。なぜそれが江戸にあったかというと、このような訳だった。

その時の使節派遣において、琉球王国と薩摩藩はそれぞれ大切な宝を交換して、次の使節派遣の時まで預かっておこうと約束していたからだ。いわゆる友好の証《あかし》のようなものである。そして次の使節派遣の時に、互いに預かっていたものを、将軍に献上しようと決めていた。

そのことを、もちろん鶴乃も知っていた。鶴乃は恋人を殺されたことを根に持ち、どうしても嫌がらせをしたくて、琉球王国が薩摩藩へ渡した清国の宝物を、別のものとすり替えてしまった。本物は自分がこっそり持ち出して、三郎兵衛に渡したという訳だった。

鶴乃の話を聞き、隼人は息をついた。

「つまり薩摩藩は、長らく偽の宝物を摑まされていたってことか。奴らは、お前さんが逃げ出した後、すぐに気づいたんだろうか」

鶴乃は少し考え、答えた。

「もし気づいたなら、もっと必死で追いかけてきたでしょうから、すぐではなかったのだと思います。金の香炉といいましても、琉球が薩摩に贈った訳ではなく、次の使節団派遣の折には上様へ献上することを決めていました。それゆえ薩摩には、自分たちのものという意識がなくて、管理もいい加減だったのです。いつまでも中屋敷に置いておいて、見張りもぞんざいだったので、私がすり替えるのも容易でした」

「なるほどなあ。そのようでは、すり替えられていたことに長らく気づかなかったかもな。……しかし、お前さんもやるじゃねえか」

隼人がにやりと笑うと、鶴乃は項垂れた。

「申し訳ございませんでした。罪を償います」

「いやいや、罪にはならねえだろう。お前さんだって酷い目に遭わされたんだからな。お前さんが正直に話してくれたおかげで、近々の琉球使節の訪問にあたって、幕府も薩摩藩に目を光らせる。お前さんみたいな目に遭う女は、もう出ないだろう」

「そうだと……嬉しいです」

涙ぐむ鶴乃の肩を、隼人はそっと叩いた。

「お前さん、頑張ったな。踊り、観せてもらったぜ。見事だった。言葉も覚えて、感心するほどだ。辛いことは誰にだってあるんだ。お前さんを助けてくれた三郎兵衛の分まで、しっかり生きていけよ」

「はい。……ありがとうございます」

鶴乃は着物の袖で頻りに目頭を拭う。涙が落ち着くのを待って、隼人は訊ねた。

「それでお前さんは、今回江戸を訪れることになって、三郎兵衛と会う約束をしていたのかい」

「はい。今月十日の八つに、五重塔の下で会おうと約束していました。その日は興行がお休みでしたので」

「どうやって連絡を取ったんだ」

「十年前に三郎兵衛さんと別れる時、お名前と在所を記してくださった紙を渡されたのです。どうしても困ったら、ここを訪ねなさい、という意味だったのでしょう。それをずっと大切に持っていましたが、そこを訪れることはしませんでした。迷惑をかけたくなかったからです。江戸へは五年前にも来ましたが、その時はお会いしようとは思いませんでした。でも、今回、江戸へ行くと決まって、三郎兵衛さんに会いたいと思ったのです。どうにか自分で生きていけるようになったので、そろそろ会ってもいいのではないかって。それで、教えてもらった在所へと、手紙を送ったのです」

「手紙で遣り取りしたのか」

「はい。すぐに返事をもらえて、嬉しくて仕方がありませんでした」

「約束の日、三郎兵衛が来なくて、不思議に思わなかったか」

鶴乃の顔が曇った。

「はい。日が暮れるまで待っていたのですが、いらっしゃらなくて、もしや三郎兵衛さんは急に病に罹《かか》ったのではないかと思ったのです。それで次の日、朝早くに小屋を出て、白金の三郎兵衛さんの家へと行きました。どうしても、お会いしたかったから。するとどうもお家の様子がおかしくて。それで知ったのです。三郎兵衛さんがお亡くなりになったことを」

鶴乃の唇が震える。隼人は訊ねた。

「三郎兵衛は手紙の中で、十年前にお前さんが渡した香炉について、何か書いていなかったか」

「いえ……何も」

鶴乃は目を瞬かせ、ふと思いついたかのように、手で口を押さえた。

「まさか……あの香炉がもとで」

「いや、まだはっきりと分かった訳ではねえ。それが原因ってこともあり得るのでは、という話だ。これから薩摩の奴らに、切り込んでいくからよ」

鶴乃は肩を落とした。

「もし本当にそうだったとしたら、私はなんて愚かなことをしてしまったのでしょう。私が香炉などを渡さなければ」

「お前さんは厚意で渡したんだ。その気持ちは悪いことではない。三郎兵衛もそれを分かっていたから受け取ったんだろう。悪いのは、お前さんがそのようなことをするまでに至らせた、薩摩の者たちだ。自分を責めなくていいぜ」

鶴乃は項垂れたまま、激しく嗚咽《おえつ》した。

隼人は鳴海や北詰とともに、これまでの探索や証言から、一連の事件をこのように推測した。

薩摩藩は間抜けにも、純金の香炉がすり替えられていたことに、ずっと気づかなかったのだろう。十年が経ち、琉球使節がやってくるということで、久方ぶりに預かった宝物の蓋を開けて、じっくり見てみたところ、どうもおかしい。明らかに純金には見えなかったのだ。紛い物ならば、十年という刻が、いっそう劣化させていただろう。

専門の者に目利きしてもらった結果、やはり紛い物だと分かり、皆、蒼白《そうはく》になった。琉球へ返すというだけならば、まだ誤魔化しが利くかもしれないが、将軍への献上を約束しているので、万が一でも偽物だとバレたら、ただでは済まされない。

そこで、いつ、いかようにすり替わったのかを、皆で推測していくうちに、十年前に消えた麗良、すなわち鶴乃と、その時に奉公していた中間が怪しいと思い当たった。

中間は近くの百姓の次男坊だったので、薩摩藩の恐らく側用人《そばようにん》あたりが、そこを訪れてみたのだろう。周りの者たちに聞き込んでみると、このようなことを教えてくれたのではないか。

父親と母親は健在で、長男一家と一緒に住んでいる。当時、中間だった息子は江戸を離れて、武州《ぶしゅう》は川口で暮らしていると。

側用人は江戸勤番の侍たちに交替で、白金の三郎兵衛の家と、川口の次男坊の家を見張らせたのだろう。暫く動きはなかったが、ある日、三郎兵衛が家を出ていった。振り分け荷物を肩にかけているので、旅にいくのではないかと思われた。三郎兵衛はまた、風呂敷包みも大切そうに手に抱えていた。その大きさから、風呂敷包みの中身は、例の香炉が入った箱なのではないかとも思われた。

侍たちは何かを予感し、三郎兵衛を尾けていった。三郎兵衛は舟に乗り、浅草の辺りで降りた。そして、せせらぎ通りにある質屋の西村屋へ入った。

それを窺いながら侍たちは、質屋に持っていったのなら、やはり香炉だろうと確信した。

少し経って三郎兵衛は出てきた。風呂敷包みは手にしていない。侍たちは三郎兵衛を待ち構えていて、通りの角の草むらに引っ張っていき、問い詰めた。

三郎兵衛は白を切り続けていたが、侍に「質屋から取り戻してこい」と言われると、ついに怒ってしまった。

――だいたい、藩にとってそれほど大切なものが、なにゆえに市中に流れるというのです。もしそれが本当のことならば、よほどの訳があったのでしょう。いったい何をなさったのですか。

そんなふうに言い返したのではあるまいか。気の荒い侍たちはカッとなり、揉み合っているうちに、思わず三郎兵衛を刺してしまった。これが三郎兵衛の死の真相と考えられた。

侍たちはそれから三郎兵衛の持ち物を確かめてみたが、香炉を替えたほどの金子は見当たらなくて不思議に思ったのだろう。考えられるのは二つだった。実は侍たちの勘違いで、三郎兵衛が香炉を持っていた訳ではなかったということ。あるいは、香炉が高価過ぎたので、質屋がすぐには金子を渡せなかったということだ。

それは後日確かめるとして、侍たちは追剝ぎの仕業に見せかけるように細工し、三郎兵衛の遺体を放置して逃げたのだろう。

侍たちがその一件を報せると、側用人から、質屋を確かめてこいと再び命じられた。そして、ほどなくして、侍たちは西村屋に忍び込んだ。巧いことを言って下男を騙して押し入り、主人を脅かして三郎兵衛が持ってきたものを見せてもらった。それはやはり純金の香炉だった。侍たちは主人を殺し、香炉を取り戻したという訳だ。

ここでも強盗の仕業と見せかけるため、ほかにもいろいろなものを盗むなどの細工をして、侍たちは逃げた。

筆屋の娘のお圭が殺められた訳も、大方、里緒の推測どおりだろう。中屋敷で奉公見習いしている時に、侍たちが宝物を取り返した話などを、恐らく耳にしてしまったのだ。江戸勤番の侍たちは、下屋敷のほか中屋敷でも暮らしているから、三郎兵衛と西村屋を殺したのは中屋敷にいた侍だったのだろう。

お圭はそれがゆえに、奉公から帰ってくる夕暮れの道で、刺されてしまったのだ。鳴海は推測した。

「お圭を殺めたのは、中屋敷の女中頭あたりではないでしょうか。お圭は女中頭に、このようなことを言われたのでは。——送っていきましょう、奉公に関する書付をあなたのご両親に見ていただきたいの——などと。それでお圭も断ることはできずに、一緒に舟に乗った。吾妻橋に着き、女中頭はこうも言った。——私がいるから下女を待たなくてもいいわ。今日は早いから私たちのほうが先に着いてしまうわよ——。そして二人は一緒に歩き出し、人気《ひとけ》のないところで女中頭がお圭を刺したのでは」

隼人も頭を働かせた。

「あるいは女中頭が、送っていくとお圭を言い包《くる》めて、手持ちの駕籠に乗せ、途中で殺してそのまま運び、あの辺りに放置しておいたとも考えられます」

「いずれにせよ、お圭も薩摩の犠牲になったという訳だな」

北詰は息をつく。香炉を巡って三人の命が散ったと思うと、隼人たちはやり切れない。

里緒が察したように、三郎兵衛は鶴乃と十年ぶりに会うことになり、香炉を返そうと思っていたのだろう。

鶴乃から届いた手紙を読んで、三郎兵衛は喜んだに違いない。鶴乃はあれから旅芸人一座に拾われて踊りを続けていたようで、言葉も達者になっていた。手紙には、江戸へ行くことになったので会いたいというようなことが書かれてあった。

鶴乃が元気でいることがなによりも嬉しくて、三郎兵衛は手紙を返し、彼女と会うことを約束した。十年前に鶴乃を匿ってもらった雪月花に滞在することに決め、泊まっている間に、鶴乃と落ち合うつもりだったのだろう。

そして香炉を返そうと思っていたのだが、それを雪月花に置いておくには、一抹の不安があったのだろう。雪月花で働いている者たちを疑う訳ではないが、ほかに泊まっている客にはどのような者がいるかが分からないからだ。湯を浴びている間などに、こっそり部屋に忍び込んでくる者がいないとは限らない。

万が一に紛失した場合、旅籠の落ち度ということになり、それでは雪月花にも迷惑をかけてしまうと考えたのではなかろうか。

雪月花は決して巻き込みたくないので、すぐに返してもらうつもりで、質屋にひとまず預かってもらうことにしたのだろう。西村屋は仕事においては評判がよく、錠をかけられる車箪笥をいくつも持っていることで知られていた。花川戸町で店を開いていた三郎兵衛の耳にも、西村屋の評判は届いていたのではないだろうか。そこで三郎兵衛は、西村屋に預けるのが安心だと、考えたに違いなかった。

人を気遣う心を持っていた三郎兵衛の死を、隼人たちは改めて悼《いた》んだ。

鳴海は隼人を見やった。

「しかし雪月花の女将の勘働きはたいしたものだ。一度、ちゃんと礼を言わなければな」

「私から丁寧に言っておきます」

隼人は答え、目を伏せる。その傍で、北詰は静かな笑みを浮かべていた。

その頃、薩摩藩では、麗良つまりは鶴乃がいなくなって騒ぎになっていた。

「いったいどこへ」と皆が慌てふためくところへ、幕閣老中の土居俊篤《どいとしあつ》から、江戸家老の斉木庸蔵《さいきようぞう》に呼び出しがかかった。

斉木は直ちに江戸城へと赴き、老中に謁見《えつけん》した。青々とした畳が敷き詰められた大きな部屋、一段高いところに土居は座っている。

「忙しいところ、わざわざすまぬな」

「はっ」

斉木は平伏したまま、深々と頭を下げる。

「まあ、そう堅苦しゅうなく」

土居は威厳のある低い声で、他愛もない話をした。斉木は縮こまっているかのようだ。その姿を眺めつつ、土居は眉を擦った。

「ところで、わしは近頃、香炉に凝っていてのう。銀の香炉など、見てみたいものよのう」

斉木はびくっとしたように肩を竦ませた。土居は薄ら笑いを浮かべている。斉木の額に汗が滲んだ。

「……ははっ」

声を絞り出し、斉木はさらに平伏した。

すべてを知られてしまったと観念した斉木は、急いで藩の屋敷に引き返し、上層部の者たちと相談を始めた。

薩摩藩で内々に処分することとなり、殺しに関わった勤番侍たちは、揃って切腹させられた。女中頭も死罪となった。だが、火種となった江戸家老、悪事を指示していた側用人たちには、何の沙汰もなかった。その者たちの罪を被って、御《お》側《そば》御《ご》用取次《ようとりつぎ》の一人が切腹させられ、終わりとなった。

その結末に、半太は納得いかないようで、口を尖らせていた。

「旦那、悪い奴ってのはなかなか滅びませんね」

「まあな。だが、奴らがやったことはすべて分かっちまったんだ。御上に完全に目をつけられた。好き勝手なことは、もう、させねえよ」

隼人は微笑みながら、半太の肩を叩いた。

二

霜月になり、寒さが一段と感じられるようになった。艶やかな紅色の花を咲かせた寒椿を眺めながら、里緒が一息ついていると、お竹が呼びにきた。

「山川の旦那がお見えになりました。鶴乃さんとご一緒です」

里緒が急いで出ていくと、玄関に二人が並んで立っていた。

「どうしても礼を言いたいというんで、連れてきたんだ」

隼人の隣で、鶴乃は深々と辞儀をした。そして頭を上げると、真摯な目で里緒を見つめた。

「十年前には、本当にありがとうございました。先代のご主人と女将さんに、たいへんお世話になりました。どのような者かも分からない私を、お二人はここに匿ってくださって、守ってくださいました。毎日、美味しいご飯を食べさせてくださいました。本当に優しくしてくださいました。その時のご恩を忘れたことなど、一度もありません。……ありがとうございました」

鶴乃は再び頭を下げる。里緒は不意に目頭が熱くなり、そっと指で押さえた。

「鶴乃さん、どうぞお上がりください。十年ぶりにいらしてくださったのですもの、ね」

遠慮している鶴乃に、隼人が微笑んだ。

「亀吉にも会いたいって言ってたじゃねえか。二階で寝てるぜ。あいつにも礼を言わなくちゃな」

「はい」

鶴乃は素直に頷く。二人は雪月花に上がり、里緒に案内されて亀吉がいる部屋へと入った。

鶴乃の姿を見ると亀吉は驚いて半身を起こそうとしたが、まだゆっくりとしか動けない。嬉しそうな痛そうな顔で歯を食い縛る亀吉に、隼人は苦笑した。

「お前は寝てろ。カッコつけることはねえよ。さんざんやられたってのは一目で分かるからな」

「いや……そんな。面目ねえ」

亀吉はそれでも懸命に半身を起こす。鶴乃は屈み、亀吉の背中を支えた。

「無理しないでください」

二人の目が合う。鶴乃の声が震えた。

「ごめんなさい……私のせいで」

亀吉は首を横に振り、鶴乃に微笑んだ。

「いいってことよ。あっしが弱かったってだけだ。……それより、あなたが無事でよかった。本当に」

亀吉は手をゆっくりと伸ばし、鶴乃の頬に伝う涙を、そっと拭った。

隼人と里緒も目と目を見交わす。里緒は穏やかな声で告げた。

「後ほど軽いお食事をお持ちしますので、それまでお二人でごゆっくりなさってくださいʼ」

亀吉と鶴乃は、互いに頬をほんのり染めた。

「え……いや、そんなんじゃありやせん」

狼狽《うろた》える亀吉に、隼人はにやける。

「おい、お前は照れる柄じゃねえだろ。仲よくやれよ」

「失礼します」

隼人と里緒はさっさと出ていってしまう。亀吉と鶴乃は顔を見合わせた。

二人きりになり、初めはともにモジモジしていたが、落ち着いてくると話が弾むようになった。

「これ、お礼です」

鶴乃が小さな包みを差し出すと、亀吉は躊躇《ためら》った。

「あっしは、何もできなかったし、受け取れやせんよ」

鶴乃は頭を振った。

「お役人様が仰ってました。亀吉さんが私を助けようとした時、悪者たちの特徴を覚えていたから、薩摩藩の者だと見当がついたと。だからすぐに動けて、すぐに私を助け出せたのだと。亀吉さんは、私の命の恩人です」

亀吉は鶴乃を見つめ、表情を和らげた。

「ならばありがたく受け取らせていただきやす」

包みを開けると、貝殻のついた根付が現れた。亀吉は手に取り、笑みを浮かべた。貝殻は海の色だ。

「こりゃ綺麗だな。明かりの加減か、なにやら光って見えますぜ」

「琉球王国で獲れる夜光貝です。お守り代わりに、ずっと肌身離さず持っていました」

夜光貝を使った螺鈿《らでん》細工は、琉球王国の特産品である。亀吉は目を見開いた。

「そ、そんな大切なもの、やっぱりもらえやせんよ」

「いいんです。亀吉さんだから受け取ってほしいのです。この小さな夜光貝には、私の琉球の思い出がたくさん詰まっています。……ずっと思っていたのです。この貝を誰かに譲る時、私は琉球人ではなく、この国の人になるのだと。今回、亀吉さんをはじめいろいろな方の温かなお心に触れ、ようやく、この国の人になる決心がついたのです。亀吉さん、どうか私のこの思いを汲んで、お受け取りくださいませんか」

亀吉は夜光貝と鶴乃の目を、交互に見る。ともに海の色と輝きを感じさせ、よく似ていた。

「この国で、ずっと楽しくやっていこうって、思えたんですね。よし、ありがたくいただくとしましょうか。今度はあっしが、肌身離さずつけておきますぜ」

「ありがとうございます、亀吉さん」

二人は微笑み合った。


少し経って、里緒が食事を運んできた。隼人も続いて入ってくる。

「お待ちどおさま。お召し上がりください」

差し出された膳を眺め、鶴乃は目を瞠った。

「これは、ラフテー？　クンペン（光餅）まで」

驚く鶴乃の傍らで、里緒は胸にそっと手を当てた。

「ラフテーというお料理は、このような感じでよろしいんですね。安心いたしました」

「はい。私、十年ぶりに見ました」

「でも本場のものとは、やはり違うとは思います。こちらでは豚を食べることができませんので、猪肉を使いました」

「まあ、そうなのですか。でもまったく分かりません。見た目は豚のラフテーそっくりです」

ラフテーとは豚の三枚肉（ばら肉）を泡盛、醬油、黒砂糖で甘辛く煮込んだ、琉球王国の料理だ。幸作は、それに生姜とぶつ切りにした葱を加えて作っていた。

嬉々とする鶴乃の横で、亀吉は少々怪訝な顔だ。初めて見るような、脂《あぶら》ぎった肉の塊《かたまり》の料理だからだろう。

隼人が口を挟んだ。

「味見させてもらったが、凄《すげ》え旨かったぜ。いいから食べてみろ」

亀吉と鶴乃は顔を見合わせ、箸を手に取った。猪肉ラフテーにそれを伸ばすと、肉塊がほろほろと崩れる。一口食べ、二人は目を皿にした。

「蕩《とろ》けやすね、口の中で。ギトギトした見た目の割りに、しっとりしてやす。なにやら甘露煮《かんろに》みてえだ」

「濃厚で、豚とはまた違った美味しさです」

里緒は笑みを浮かべた。

「よろしかったです。お気に召していただけて」

熱々の猪肉ラフテーをあっという間に食べ終えると、鶴乃はクンペンを手で摑んだ。クンペンも琉球王国の料理で、饂飩粉と卵黄、砂糖、胡麻、唐人豆（落花生）などを用いて作る、饅頭のようなものだ。唐人豆はなかなか手に入らないので、幸作はその代わりに胡桃《くるみ》を使った。

　鶴乃はクンペンを二つに割り、胡桃が混ざった仄かに黄色い餡を眺め、笑みを浮かべた。そして一口食べ、いっそう顔をほころばせた。

「何てお礼を言っていいか、分かりません。ラフテーやクンペンをまた食べることができるなんて、夢のようです」

「喜んでもらえて、よかったです」

「琉球の料理を、お調べになったんですか」

「ええ。手に入らないものもありますから、その通りには作れませんが、お客様も喜んでくださいます。食べると元気が出る、って」

　亀吉が口を挟んだ。

「それは本当かもしれやせん。なにやら精力つきますぜ。治りが早くなりそうです」

「おう、よかったじゃねえか。しっかり治せよ」

　笑いが漏れる。クンペンを持つ鶴乃の細い指を眺めながら、思い出したように里緒が訊ねた。

「そうそう。鶴乃さんが踊っている時に手になさっていた拍子木みたいなもの。あれは何ですか」

「ああ、あれは四つ竹です。琉球王国の踊りではよく使うのですよ。こちらでも猿回しの時などに使っているのを見たことがあります」

「そうだったのですね。そういえば昔、歌舞伎の下座でも見たことがあったかもしれません」

「私は右手に扇子、左手に四つ竹を持って踊っていますが、本来は両手に持って踊るのです。両手に二枚ずつ持って、それを打ち鳴らしながら」

「とても素敵ですよね。曲に合わせて鳴らすので、観ているほうも気分が高まります。私も一度、四つ竹を使って踊ってみたかったです」

「女将さんも踊りをなさるのですか」

「娘時代に、少し齧った程度ですけれど」

「ならば、江戸を発つ時、四つ竹をお譲りします」

　里緒は慌てて手を振った。

「そんな……申し訳ないです」

「いいえ。似たようなものを作ってもらって、いくつか持っているんです。そのうちの一つですから。そのようなものでよろしければ、受け取っていただけますか。このお料理へのお礼と申しましては、粗末なものですが」

鶴乃にとっては、厚意で渡すということでは、純金の香炉も四つ竹も、同じなのだろう。しかし受け取るほうとしては、四つ竹のほうが気持ちは安らぐ。里緒は微笑んだ。

「そこまで仰ってくださるのならば、喜んで。鳴らし方も教えていただきたいわ」

「難しくないんです。こうして、こう。手首をちょっと捻って」

鶴乃は箸を持って、四つ竹を打つ手つきをする。鶴乃から箸を渡されたので、里緒も真似してみせた。

「なるほど、こうですね」

「女将、なかなか上手じゃねえか」

隼人が合いの手を入れる。

「こうですかい。手首をこう、くねらせるんですね」

亀吉まで箸を手に真似始めると、笑いが起きた。行儀がよいとは言えないことをしながらも、里緒は楽しかった。

帰る前、鶴乃は里緒に願った。仏壇を拝ませてほしいと。里緒は快く鶴乃を部屋に通した。鶴乃は目を瞑り、暫くの間、仏壇の前で手を合わせていた。里緒の両親に、何かを語りかけているかのように。鶴乃の滑らかな頬に、涙がひとすじ伝った。

隼人と鶴乃を見送る時、里緒は告げた。

「鶴乃さん、江戸にいらっしゃる間は、お時間があるときは亀吉さんに会いにきてあげてくださいい。鶴乃さんのお顔を見れば、亀吉さんの治りも早くなるわ」

「そうだな。今日は亀吉の奴、二、三日前とは打って変わって元気だった。ここは浅草寺とそれほど離れてねえから、たまには来てやってくれな。頼んだぜ」

「はい。私でよければ」

鶴乃は含羞《はにか》みながら頷いた。


事件が解明され、せせらぎ通りの悪い噂も払拭《ふっしょく》され、また賑わうようになってきた。それには隼人が、懇意の瓦版屋《かわらばん》に頼んで、このように書かせたことも大きかった。せせらぎ通りはまったくの無実で、すべては濡れ衣だった、疑いは晴れて祝福されるべき通りである、と。

――いつもいつも里緒さんの推測のお世話になっているんだ。これぐらいの力にはならねえと、俺なんてただの大飯食らいで終わっちまうからな。

そのような自嘲めいた気持ちが、隼人を駆り立てたようだった。

琉球王国からの使節も無事に到着し、それから少し経って、鶴乃たちの一座は旅立った。鶴乃はあれから何度か雪月花を訪れ、亀吉を励ましていた。そのおかげか亀吉はみるみる元気を取り戻していった。鶴乃が去った後も亀吉がそれほどしょげていないのは、手紙の交換などを約束したからだろうと思われた。

鶴乃は約束どおり、里緒に四つ竹を譲ってくれた。赤と黒の漆《うるし》塗りのそれを打ち鳴らしてみると、見たことのない琉球王国の熱い風や、生き生きとした空気を感じて、里緒はうっとりと目を瞑った。

雲一つないほどの青空が広がっている。里緒が白い息を吐きながら旅籠の前を箒で掃いていると、小間物屋の内儀のお蔦が通りかかった。

「おはよう」

「おはようございます。よいお天気ですね」

「本当に。今日も人出がありそうね」

二人は微笑み合う。

「忙しくなりそうですね、お互い」

「頑張りましょうね」

お蔦はふっくらとした手を、里緒の肩に置く。するとそこへ経師屋の主人も通りかかった。

「おはようございます。よいお天気ですな」

挨拶は皆同じようなものだと、里緒はなにやら可笑《おか》しくなる。里緒とお蔦が顔を見合わせてくすくす笑っていると、経師屋の茂市はきょとんとした。

「何か変なことを言いましたかね」

「いいえ。毎日お忙しそうで、羨ましいなと思いまして」

「そうそう、うちの襖と障子もそろそろ張り替えてほしいの。お願いできるかしら」

お蔦に手を合わされ、茂市は答えた。

「はい。今月の晦日頃《みそかごろ》になってしまいますが」

「もちろんその頃で大丈夫よ。ああ、これで一安心。師走に慌てずに済むわ」

「そうね。うちもお願いしておこうかしら。襖は大丈夫そうだから、障子だけでも。うちは来月で構わないので、来ていただけます？」

里緒も手を合わせる。茂市は微笑んだ。

「はい、もちろん。では来月の煤払《すすはら》いの後ぐらいから始めましょうか」

「ちょうどいいです！　よろしくお願いいたします」

里緒は思わず飛び跳ねる。里緒のところは旅籠なので、部屋数が多く、特に客部屋は空いている時を見計らって張り替えるため、二、三日かけて行う。十三日の煤払いを終えてから、新しい障子に替えてもらうのが理想だった。

「ほかならぬ雪月花さんの頼みですからな」

「頼りにしています」

「さすがはこの通りの纏め役と纏め役補佐。息が合っていらっしゃる」

お蔦が口を挟むと、笑いが起きた。どこからかメジロの啼き声が聞こえてくる。

茂市はせせらぎ通りを見渡し、しみじみと言った。

「活気が戻ってきてよかったですな」

「本当に。通り全体が明るく見えますもの」

「そういえば、一時はどんよりしていたわよね。晴れていても」

「もう大丈夫でしょう。瓦版屋が書いてくれたおかげで、以前より賑わっているほどだ」

「これで通りの皆も、よい気分で年を越せますね」

三人は安堵の笑みを交わし合い、それぞれ、仕事へと戻っていった。


底冷えする夜の五つ過ぎ、隼人が半太を連れて、亀吉を迎えにきた。亀吉は目覚ましく快復し、動けるようになるには一月はかかるだろうと医者に言われたところを、半月でできるようになったのだ。

里緒はもう少し留まっていてほしかったが、亀吉は恐縮した。これ以上ご迷惑おかけできやせん、と。医者も、無理しなければ徐々に元の暮らしに戻ってもよいと判断したので、亀吉は長屋に帰ることにしたのだった。

隼人は、里緒が現れる前に、素早く吾平に包みを渡した。亀吉が厄介をかけた分のお礼である。

里緒は隼人の顔を見ると、微笑んだ。白菫《しろすみれ》色の着物を纏い、撫子《なでしこ》色の帯を締めている。すらりとした里緒には、このような彩りがよく似合った。

「いらっしゃいませ。どうぞお上がりくださいい」

「ちょいと邪魔するぜ。すぐ帰るからよ」

　隼人と半太が上がり框を踏むと、お竹に連れられて亀吉が二階から下りてきた。まだ少し足元がふらつくようだが、すぐに戻りそうだ。亀吉は皆に向かって頭を下げた。

「たいへんお世話になりやした。ここの皆さんのおかげで、医者にも驚かれるほど、早く元気になることができやした。このご恩は、これから少しずつでも返していきやす。本当にありがとうございやした」

　と、亀吉の躰がぐらりと揺れ、隼人が思わず支えた。

「おい、まだ完全に治った訳じゃねえんだから、気をつけろ」

「すいやせん。旦那にも……ご迷惑おかけしちまいやした」

　隼人の背中に負ぶわれたことを思い出したのだろう、亀吉の目が不意に潤んだ。

「いいってことよ。亀吉、お前は俺の大切な手下なんだからな。半太もそうだが、お前たちは、もはや俺の弟みたいなもんだぜ」

「ありがとうございやす」

　亀吉は目を擦る。その隣で、半太も目頭を押さえた。

「えへ、おいらもなんだか、嬉し涙をもらっちまいました」

「いい兄貴分がいて、お前さんら幸せだな」

「本当に。ありがたいことですよ」

吾平とお竹も洟《はな》を啜る。里緒は大きな澄んだ目で、隼人の横顔を見つめていた。


隼人は亀吉を連れてすぐに立ち去るつもりだったが、吾平とお竹にどうしてもと引き止められ、少し休んでいくことになった。お竹が広間へ通そうとすると、隼人は言った。

「帳場でいいぜ。本当にすぐに暇するからよ。それにこの刻だと、ここが一番、皆で話しやすいだろ」

雪月花が玄関を閉めて錠を下ろすのが五つ半なので、それまでは帳場に誰かいなければならない。それゆえ皆で話をするには、帳場を使うのが都合がよかった。

帳場は六畳なので、隼人たち三人と里緒たち三人が集っても、窮屈ではない。輪になって座ったところで、お栄がお茶を運んできた。

「すぐにお料理をお持ちしますので、召し上がっていってください。幸作さんはもう帰ってしまったので、お初と私で作っていますので」

隼人は頭を掻いた。

「いつもいつも悪いなあ。馳走になってばかりでよ」

「遠慮なさらないでください。私たちが作るので簡単なものしかお出しできませんが」

「え、そりゃ楽しみだな」

半太が顔をほころばせると、亀吉が笑った。

「素直でいいじゃねえか。あっしも同じ気持ちだ」

相槌を打つ里緒の横顔を、今度は隼人が見つめる。

「お栄もお初もどんどん腕を上げていますからね、期待していてくださいよ」

お竹に発破《はっぱ》をかけられ、お栄は肩を竦めた。

「あまり期待されても困ってしまいますが……。頑張ってお作りいたします」

一礼して、お栄は板場へ戻っていった。

少しして、お栄とお初が料理を運んできた。湯気の立つ椀を眺め、皆の顔がほころんだ。鱈《たら》と油揚げの蕎麦だ。大根おろしもかかっている。いただきますと、皆、胸の前で手を合わせた。鱈と油揚げの旨みが滲んだ汁を少し啜ってから、大根おろしが絡んだ蕎麦を手繰《たぐ》る。隼人は目を細めた。

「寒い夜には、こういうのが一番だ」

ほかの者たちも大きく頷く。お栄とお初は安堵したように微笑み合い、下がった。

蕎麦を手繰る皆の顔は、穏やかだった。お竹は半分ほど食べると、一息ついた。

「ひとまず、ほっとしましたよ。この通りも無事でよかったです」

吾平はとっくに食べ終え、お茶を飲んでいる。

「結局、錦絵通りの者たちは、今回の事件には何も関わっていなかったんだな。相変わらず、せせらぎ通りを敵視しているようだが」

「まあ、そうなの」

里緒が目を見開く。隼人も食べ終えて、お茶を啜りつつ答えた。

「まあ、奴らの嫌がらせではなかったんだから、そこは安心したほうがいいぜ。こいつらに見張らせてたが、別に不穏な動きはなかったからな」

「ええ、ありませんでした」

「あっちが勝手にこの通りを意識してるってだけのようですぜ。危害を加えようとまでは思っていないんじゃねえかと」

里緒は食べる手を休め、小首を傾げた。

「やはり、たまたまってことだったのよね。三郎兵衛さんの件にせよ、西村屋さん、お圭さんの件にせよ、あちらの通りの人たちが関わっていたということは」

「まあ、そうだろうな。こっちとあっちは、それほど離れていなくて、いわば近所だ。近所ならば関わりのある者が集まっていたって、何もおかしくはねぇよ」

隼人は腕を組み、大きく頷く。

「そうですよね。ご近所同士の嫌がらせ、などということではなくて、本当によかったです」

里緒が微笑んだ、その時だった。

吾平とお竹が神妙な顔で目と目を見交わしながら、「実は……」と話し始めたのだ。

それは、里緒の両親の死にも関することだった。

光文社文庫

文庫書下ろし／長編時代小説

くれないの姫《ひめ》　はたご雪《せつ》月《げつ》花《か》㈣

著　者　有《あり》馬《ま》美《み》季《き》子《こ》

2022年12月20日　初版１刷発行

発行者　三　宅　貴　久
印　刷　新　藤　慶　昌　堂
製　本　フォーネット社

発行所　株式会社　光　文　社
〒112-8011　東京都文京区音羽1-16-6
電話（03）5395-8149　編　集　部
8116　書籍販売部
8125　業　務　部

ISBN978-4-334-79461-3　Printed in Japan

組版　萩原印刷